新版 茨木のり子への恋文

庄内旅行

序文にかえて

宮崎　治

「伯母さんの詩の中でどれが一番好きですか？」

伯母である茨木のり子が他界したあと、いろいろな方からよく尋ねられる質問である。

すぐさま返答できない難問であるが、伯母の詩の中に何度となく登場する、庄内地方へのノスタルジーを詠んだものはどれも好きだ。

とりわけ、〝雪ふれば憶う　母の家〟で始まる「母の家」や、ばばさまと十四歳だった伯母が会話する「答」は、好きな詩の上位にランクされる。

今からもう三十余年も前になるが、伯母と二人で庄内地方を旅したことがある。

伯母と二人きりで何泊も旅をしたのはそれが初めてで、私は医学部の六年になる春休みで二十四歳、伯母は六十三歳であった。

当時の旅の様子を記録したスクラップブックやメモを見返してみて、忘れていたことや意外なことにいろいろ気づいた。庄内旅行を提案したのは伯母ではなく、私が連れて行ってほしいと頼んだのだと自分で記している。

その旅行は庄内に大勢いる親類の方々には内緒の「お忍び旅行」であった。「お忍び旅行」といいながら、大胆にも三浦家の菩提寺である浄禅寺にまで行き、住職に見つからないように、ちゃっかり伯父の墓参りをしているのだ。それがあまりの早業だったので、私は伯母と浄禅寺を訪れたことをさっぱり覚えていないのである。

伯母としては伯父の眠る墓にはどうしても行きたかったのだろう。

羽越本線から眺める早春の日本海の景色、荘厳な羽黒山、最上川の雪見船下り、致道博物館、酒田、新潟まで訪ねる生涯忘れ得ぬ旅となった。

道中、伯母は伯父との思い出話や、少女時代に私の父である弟の英一と連れ立って、何度も鶴岡へ旅したことを語っていた。今思えばその雑談こそが、伯母の詩の世界に描かれた心象風景そのものであった。

それから十九年を経た二〇〇六（平成十八）年の三月、今度は私が伯母をつれ、再びこの地を訪れた。

伯母は飛行機が苦手だったことを思い出し、膝の上の遺骨を両腕でしっかりと抱え、朝一番の便で羽田から空路、庄内へ向かった。

伯母の環骨の法要は、伯父の生家である三浦家で行われ、そのとき現在の三浦家の当主の三浦宏平氏に初めてお会いした。宏平氏は伯父の三浦安信・のり子宅に下宿していた経歴のある、心優しい兄貴分であり、美千子夫人ともども我々を温かく迎えてくれた。

宏平氏の母、和枝さんの美しい庄内弁は、それまで聞いたことのある、どの地方の方言よりも流麗で、伯母が愛した庄内弁とはこういうものであったかと感心した。

その一カ月後には納骨の儀式に赴き、また夏には我が家の家族旅行で、再度庄内地方を旅したので、一周忌の法要を含め、その一年間に四回も庄内へ旅したことになる。

今では私もすっかり、伯母譲りの庄内贔屓となった。

三川町東沼、鶴岡市矢馳、同温海、鶴岡と伯母の軌跡を辿ってみると、宮崎のり子、三浦のり子、そして茨木のり子として、途切れることなくこの地方と複雑に繋がっている。むしろ、この三つの人生の重なり合う核の部分が他ならぬ庄内であると、旅を重ねるごとに感じた。

この本は鶴岡市在住の戸村雅子さんが、まさに茨木のり子の三つの軌跡に関わる庄内ゆかりの人々を訪ね歩き、取材をされた貴重なルポルタージュである。またこの本に書かれている内容は、遠い将来、茨木のり子を語るうえで、非常に貴重な資料となるであろう。

（茨木のり子甥・医師）

茨木のり子への恋文
もくじ

二章 茨木のり子とゆかりの人々

三章　庄内を舞台に

四章　庄内をうたう

新版 茨木のり子への恋文

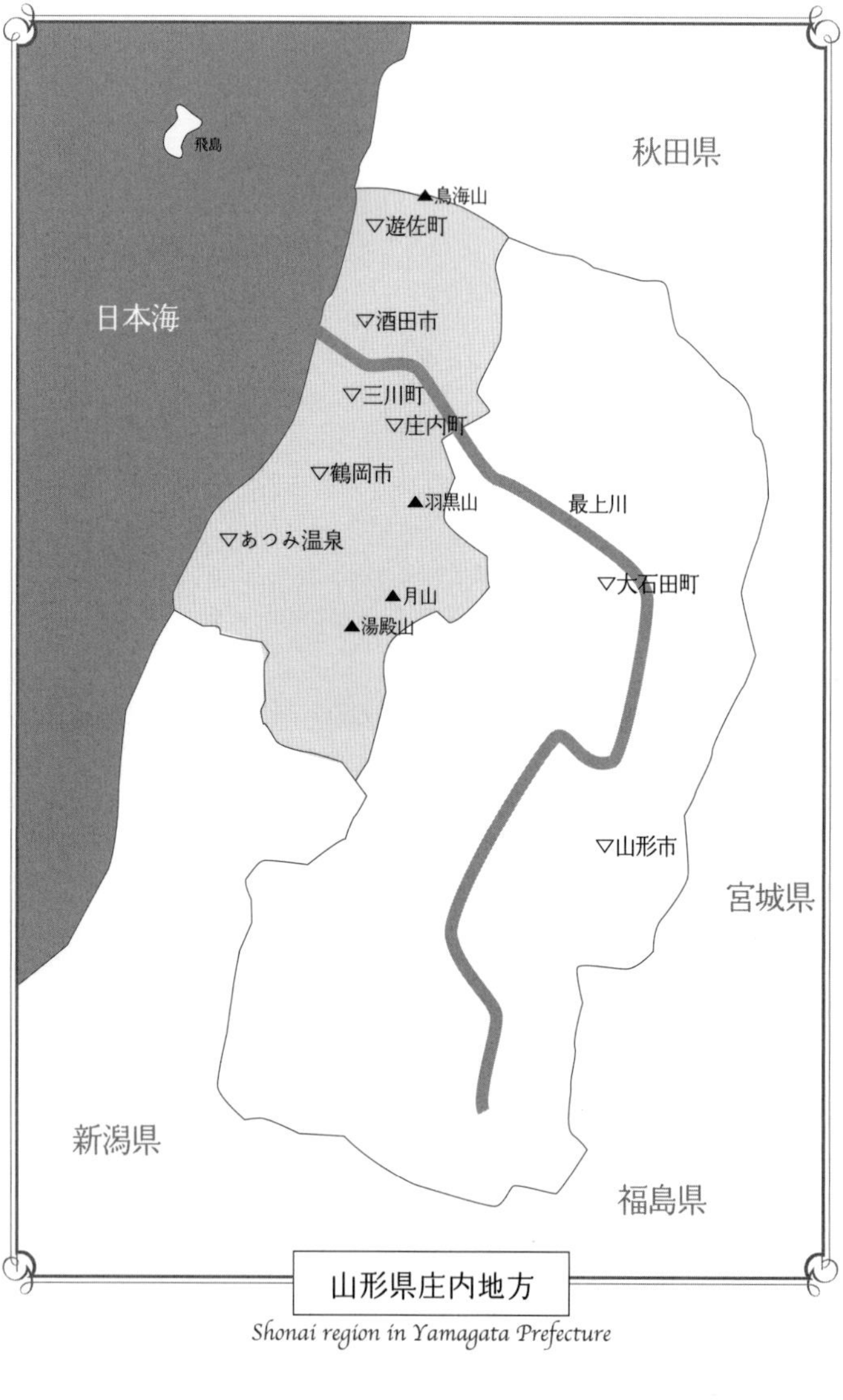

山形県庄内地方

Shonai region in Yamagata Prefecture

序章　別れ

あの年の冬

茨木のり子が亡くなった二〇〇六（平成十八）年の冬は、日本全土が厳しい寒波に襲われた年である。ここ庄内も前年の二〇〇五年十一月末に一晩で庭の植木をしならせるほどの雪が降り、油断していた人々を慌てさせた。

暮れの十二月二十五日は朝から猛吹雪で、とっぷり日も暮れた七時過ぎに酒田、鶴岡間にある庄内町余目《あまるめ》鉄橋付近で、ＪＲ羽越線の特急「いなほ十四号」の脱線転覆事故が起きた。寒冷前線が通過して瞬間的に秒速三十メートルほどの突風が吹き、列車は雪原に叩きつけられた。五人の死者と三十名以上の負傷者がでた。猛吹雪のなか救助活動は困難を極めた。五人目の犠牲者が発見されたのは二日後の二十七日で、帰省先の秋田市から勤務先の山形地検鶴岡支部へ向かう若い女性だった。

茨木のり子の住む西東京市東伏見も例外ではなかったはずだ。幾つかの持病を抱えた茨木にとって耐え難い寒さだったろう。二月十七日、厳冬のただ中で、誰にも看取られることなく美しい白い花は、はたりと落ち、永遠の眠りに就いた。父の死をうたった詩「花の名」(『鎮魂歌』童話屋)で、泰山木とこぶしが出てくるからか、茨木のり子のイメージは私にとって白い花である。中でも芯にほのかな恥じらいの紅をさした白い芙蓉がふさわしい。芙蓉は美人のたとえでもあり、また芙蓉峰とは孤高富士山のことである。

茨木のり子の死は、甥の宮崎治によって、二日後の十九日に発見された。その夕刻、友人からの電話で訃報を知り言葉を呑んだ。誤報ではと思いたい私の声の響きに、友人は新聞に出ていたときっぱりと言った。私はなお、「朝日には出ていない」と抗った。四カ月前の十月に、その友だちと一緒に茨木宅で楽しい時を過ごしたばかりだった。

失意のまま三月のカレンダーをめくった。一枚めくるだけであるが、雪国に住む人々にとって三月はもう春である。旧家や商店街は雛を飾り、雛街道と称する観光ルートに外からの客を迎えて街は華やぐ。暦は替わっても、ゆるまぬ寒気になかなか春の気分になれず、うつうつと過ごしていたある日、思いもかけない手紙を手にした。茨木のり子本人からの「お別れの手紙」だった。

このたび私、06年2月17日クモ膜下出血にて
この世におさらばすることになりました。
これは生前に書き置くものです。
私の意志で、葬儀・お別れ会は何もいたしません。
この家も当分の間、無人となりますゆえ、弔慰の品は
お花を含め、一切お送り下さいませんように。
返送の無礼を重ねるだけと存じますので。

「あの人も逝ったか」と一瞬、たったの一瞬
思い出して下さればそれで十分でございます。
あなたさまから頂いた長年にわたるあたたかな
おつきあいは、見えざる宝石のように、私の胸に
しまわれ、光芒を放ち、私の人生をどれほど豊かに
して下さいましたことか…。

深い感謝を捧げつつ、お別れの言葉に
代えさせて頂きます。

ありがとうございました。

二〇〇六年三月吉日

これは、茨木のり子が生前用意していた手紙である。託された宮崎は、伯母の死亡の年月日と死因を記して、彼女の友人・知人に郵送した。

私はこの手紙を居ずまいを正して何度も読み返した。

低音のゆったりした、少し舌を丸めるようにして話す肉声が聞こえてくる。世俗的な葬儀を拒否する強い意志が感じられた。そして死後も遺族に迷惑をかけまいとする「倚りかからず」の姿勢も。柔らかな丁寧語「いたしません」「なりますゆえ」「下さいませんように」が心に沁みる。中の章の「あなたさまから頂いた長年にわたるあたたかなおつきあいは、見えざる宝石のように、私の胸にしまわれ、光芒を放ち、私の人生をどれほど豊かにしてくださいましたことか…」は、とりわけ胸を打つ。

品格ある美しい詩。

茨木のり子の言葉はいつもわが身に返ってくる。

周りの人たちを「宝石」として大切にしているか、思うのもおこがましいことだが、私は誰かの「宝石」になっているか。

一ヵ月後の三月十八日、宮崎治に抱かれた遺骨は、夫の三浦安信の生家、三浦産婦人科前院長光彦（安信の兄）宅に還ってきた。宮崎夫妻、光彦の妻の和枝、その長男の現院長宏平夫妻のみの環仏（仏となってふるさと、生家に還ってくること）の法要が行われた。菩提寺である鶴岡市加茂の浄禅寺の西方信夫住職が正信偈を挙げた。内々の葬儀に当たる。すべては、故人の遺志を尊重しての仏事であった。

三月二十一日、私は白い胡蝶蘭を抱えて三浦家を尋ねた。義姉の和枝が力を落として迎えてくれた。仏壇には墨跡も新しい茨木のり子の法名「詩鏡院釋尼妙則」が供えられていた。「安信さんとやっと一緒になれて、のり子さんは幸せだと思いますのぅ」と和枝。茨木は和枝の美しい庄内弁を愛していた。

四月二日、納骨と四十九日の法要が行われた。宮崎治家族、安信の妹の石橋志美、和枝、三浦宏平夫妻、あつみ温泉ホテル萬国屋の本間律子と夫の幸男が参列した。律子の父は安信の従兄弟であり、母は茨木の従姉妹である。御斎《おとき》は和枝の親戚の湯野浜温泉「竹屋ホテル」で行われた。みな庄内弁で茨木を偲び、安信を語った。

四月四日、私は墓参のため浄禅寺を訪れた。三浦家の墓は、眼下に加茂の集落と日本海を望む小高い山の中腹にある。木々の芽はまだ固く色薄く、風が足元から吹き上げてくる。墓周辺には詩人茨木のり子の痕跡を残すものは何もない。茨木のり子は三浦のり子として、ただ、三男安信の妻として、三浦家の「嫁」として埋葬された。伯母の思いを寸分違えず実行することが、茨木を大切に思う宮崎治の志でもある。

墓前に頭《こうべ》を垂れていると、「お別れの言葉」の一節が新たな意味を持って胸にこみ上げてきた。

―あなたさまからいただいた、あたたかなおつきあいは、私の人生をどれほど豊かにしてくださいましたことか。

私にとっての「あなたさま」はもちろん、茨木のり子その人である。

あなたは戦争を挟んだ激動の昭和に生きた。そしてその時代の苦悩、悔い、哀しみ、解放、希望、自由、自立、連帯、愛、寂寥など、時代に生きる人間の震える心を伝えてくれた。中でも、私が愛したのは、戦争を経て確立されたあなたの「倚りかからず」

の精神である。思想や宗教で統制してくる国家、できあいの学問、そしていかなる権威も、もうけっこう。自分で見極め、自分で立ち、自分の二本足で歩く。「この道しかない」と絶叫する者を疑い、拒否する生き方から生まれてくる詩を、私は愛した。

今は四月の初め。間もなく、山の中腹の二本の枝垂れ桜は花開き、墓地を美しく彩るだろう。眼下のにび色の日本海は、明るく透明な碧色に耀くことだろう。

その頃にはもう少し明るい気持ちで再拝したいと寺を後にした。

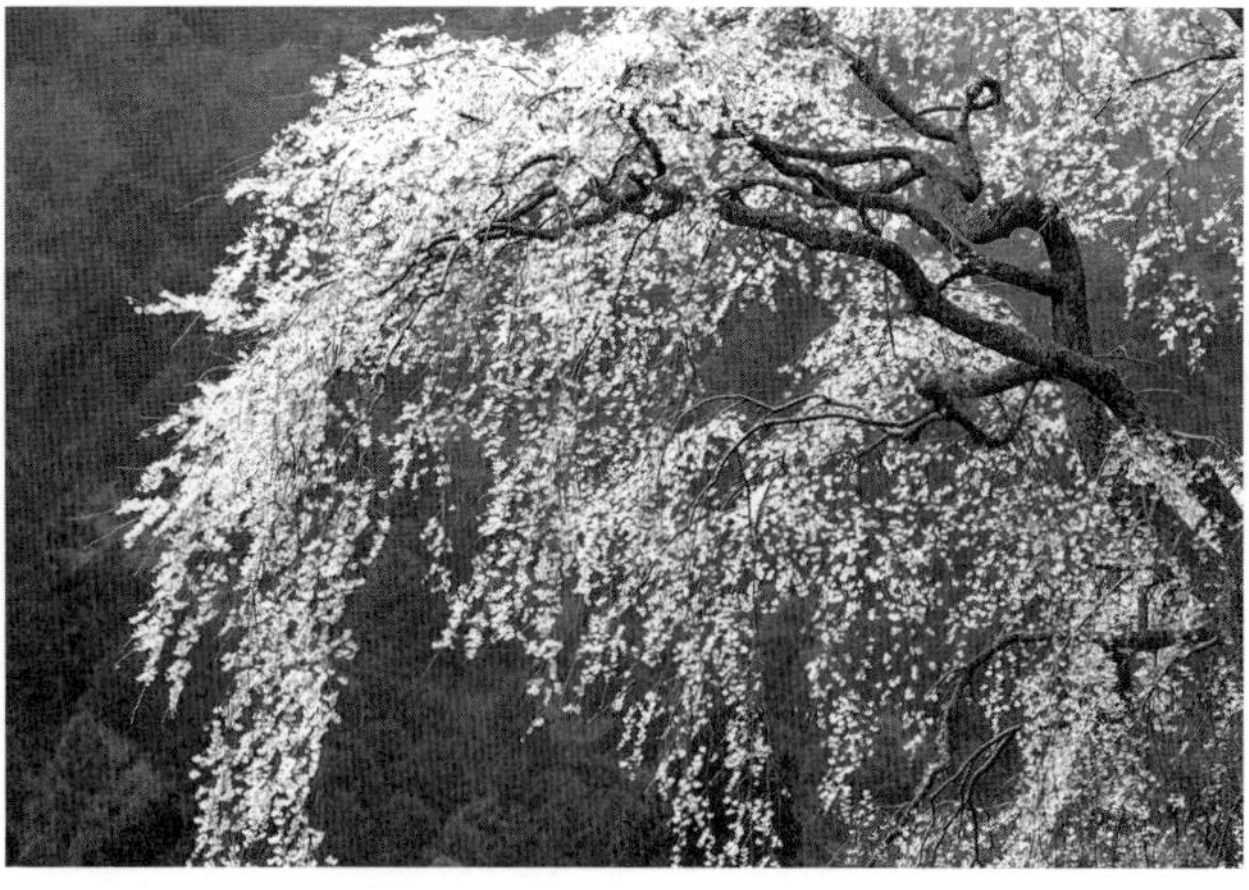

一部　茨木のり子と庄内

Bandori
ばんどり

Folkcraft House
民具の蔵にて

Chido Museum collection

一章　茨木のり子の霊を迎えて

「現代詩の長女」死す

二、三日、雪の降る日が続いた。

二〇〇六年二月に亡くなった茨木のり子の死を、受け入れがたい気持ちでいる間に、各新聞は二月二十日から翌日にかけて茨木の訃報を伝えた。各紙は茨木の代表作「わたしが一番きれいだったとき」や「倚りかからず」などの詩を紹介してその死を悼んだ。

続いて茨木の詩友の追悼文があちこちの新聞に載った。

同人誌『櫂《かい》』の仲間であり、朝日新聞の「折々のうた」の大岡信は、「茨木の詩の本質は内部に閉じこもるのではなく外に向かって対話を挑む詩だ」と述べ、また『韓国現代詩選』が読売文学賞を受賞したことについて「この賞は、訳者茨木のり子の訳業に対して与えられたのだが、茨木さんが詩人としてつちかってきた日本語の能力に対する、最大の敬意をはらっての授賞でもあった」（「読売新聞」二〇〇六・二・二十一）と讃えた。

茨木を「現代詩の長女」と現代詩史における立ち位置について言及した詩人新川和江は、「茨木さんの出現が無かったら、戦後の日本の女性詩に、現在のような、明るく広く堂々とした道はひらけなかったろうと思う」（「毎日新聞」二〇〇六・二・二十三）とその死を悼んだ。

『櫂』の仲間で半世紀以上も友人であった岸田衿子の追悼文には深い哀しみが流れていた。「茨木さんは人の言葉にひたすら耳を傾けました。それも、観念的な言葉ではなく、血肉が感じられる言葉に。だから彼女の詩からは、人間の肉声が聞こえてきます」（「朝日新聞」二〇〇六・二・二十三）

コラムニストの天野祐吉は「いまさらいうまでもなく、この国は世界でも有数の金持ち国になった。が、金持ちになるのと反比例して、みんな感受性貧乏になった。そんな哀れな時代に、茨木さんの言葉は、まっすぐに、ひたむきに届いていく」(「しんぶん赤旗」日曜版二〇〇六・三・十二)と彼らしく社会を批判しながらその中で果たした茨木の言葉の力を讃えた。

桜の花の散る頃まで、私は新聞の追悼文、コラム、文芸欄、週刊誌などに目を通し、スクラップブックを作ったりしていた。それから改めて詩集を開き、エッセーを読んだ。行間に何度も茨木のり子の姿が浮かび、低音のゆったりした声が聞こえてきた。詩を読みながら、茨木は母と夫のふるさとである庄内、鶴岡をどんなに愛していたかを知った。茨木のり子の本質は深く東北の雪国に根ざしていて、夫の安信と共にこの地に魂をゆだねたいと切望していたことなども。

心の中に何かが芽生えてきた。生前いくばくかの面識を得た人間として、またその霊を迎えたこの土地の人間の一人として、私にはしたいこと、しなければならないことがある。それは、茨木の詩を庄内という地域から読んでみたい、庄内の人々や風土が茨木の詩に与えた影響を探ってみたいということである。

詩は、そう多くの人に読まれる文学ではない。現代詩を代表する詩人の一人である茨木のり子といっても、鶴岡では知らない人の方が多い。だとしても鶴岡は茨木のり子が魂のふるさととして永遠の安らぎを求めた地である。この地の人々に茨木のり子という詩人と詩を知ってもらうために何かしなければならない。


そんなことを考えているうちに、空には秋の雲が現れる季節になっていた。

飛行機で空から庄内を訪れた旅人は、庄内平野の広さ、美しさに目を見張る。一面緑の夏、秋は黄金色の平野、冬は山も平野も白い世界。庄内とはこの平野を中心とした山形県の日本海沿岸地帯を指す。中心都市は鶴岡市と酒田市である。

茨木のり子は空からの旅は好まず、庄内へはいつも列車の旅だったが、平野が黄金色に輝く空からの景色を一度は見てもらいたかった。

言霊の祭りを鶴岡で

二〇〇六年の晩秋、一人の男性が拙宅にやってきた。彼を案内してきたのは、地元の劇団「だいこん座」の座長、高橋寛（二〇一一年没）である。

男性は川崎市在住の小田健也と名乗り、茨木のり子について滔々《とうとう》と語った。

「茨木さんのお墓参りをしてきました。その時ふと思いました。茨木さんの詩の持つ佇まいは、この故郷ともいうべき庄内の風土に根ざしているのではないかと。するともうどうしても、鶴岡で地元の劇団の方たちと一緒に、一周忌の公演をしなければならないと思うようになりました。茨木さんに捧げる朗読劇をしたい。力を貸してくれませんか」

—茨木のり子の詩の佇まいは、庄内の風土に根ざしている—。この言葉が私を強く打った。

小田健也、演出家・劇作家。一九三〇（昭和五）年生まれ。九州大学経済学部卒。劇

団民藝に入団し、劇団三期会を経て演出家となる。主にモリエール、ブレヒトの作品を演出。オペラ演出も多く、オペラ「夕鶴」の公演数は三百回を超え、中国やヨーロッパなどにも出かける。脚本・演出では「豚の飼い方」「オニの子・ブン」「冒険者たち」など多数。

彼の立て板に水が、下まで届かないうちに私は決めていた。二〇〇七年の六月に鶴岡で、彼の企画する追悼公演「朗読劇 茨木のり子の世界」を開催すると。

明けて二〇〇七（平成十九）年一月には二十二名の実行委員会が発足し、まずは茨木のり子の命日である二月十七日に「追悼のつどい」を開催した。内容は小田健也による六月に開催予定の「朗読劇」のPRと、地元ソプラノ歌手の伴 和香子の歌、だいこん座団員の詩の朗読であった。

いよいよ本番の六月三十日。追悼公演「朗読劇 茨木のり子の世界」が鶴岡市中央公民館で開催された。六月は茨木の誕生月である。出演者は、ユー企画の蒔村由美子（二〇〇九年没）と小田健也事務所に所属する東京および近県のプロの俳優、歌手、またピアニストで作曲家の浅岡真木子ら二十数名と劇団だいこん座で、賛助出演の鶴岡土曜会混声合唱団が組曲「はじめての町」（作詞 茨木のり子・作曲 佐藤敏直）を歌った。

当日は階段状の台が置いてあるだけの簡素な舞台で、詩集を持った出演者が動作を抑え、朗読と歌、照明とピアノで「茨木のり子の世界」を展開した。観客は耳を澄まし、目を凝らし、言葉を受け止めようと集中する。演ずる人たちは茨木の言葉と心を届けようと全身全霊を傾けて朗読した。肉声を通して新たな命が吹き込まれた詩は、やさしく、柔らかく、強く激しく観客の心を揺さぶった。

舞台と観客がまさに一体となって茨木のり子の世界を創った。

「わたしが一番きれいだったとき」や「倚りかからず」などの代表作では凜と生きた茨木の生涯を偲び、愛する夫、安信をうたった『歳月』では涙し、「笑う能力」には笑いが起こり、「母の家」や「答」など庄内をテーマにした詩では郷愁に浸った。

与謝野晶子の「君死にたもうことなかれ」（作曲、川本 哲）の合唱に、ある人は「つい涙が…。その後、観客の雰囲気が変わりましたね。心鎮め、心で聞き取る成熟の静けさが会場を包んでいました」と語った。

そのような雰囲気の中で演じられた叙事詩「りゅうりぇんれんの物語」の群読はまさ

に息をのむ迫力だった。これは日本の侵略戦争の犠牲者の物語であるが、ぐいぐいと迫る言葉に、不思議な力が宿っていることが信じられる舞台だった。

圧倒的な迫力で演じられた
群読「りゅうりぇんれんの物語」
二〇〇七年六月
鶴岡中央公民館
「朗読劇　茨木のり子の世界」

写真提供／荘内日報社

茨木を偲んで集まった人は地元庄内が圧倒的だったが、北海道、東北各地、東京とその近県、京都、大阪、広島、宮崎と、まさに全国規模の「つどい」となり、昼夜二回の公演は満席となった。茨木のり子の眠る鶴岡で、全国から集まった千人余の人たちと一緒にその霊を鎮め、賑やかに言霊の祭りを開くことができた。

多額の費用が必要だったが、幸いなことに地元銀行の「平成十九年度公益信託『荘内銀行ふるさと創造基金』」の助成を得た。地元の企業、商店、医院、旅館、ホテル、レストラン、食堂、工場など、また多数の個人名による資金の援助もありがたかった。

鶴岡は城下町として芸術や文化を愛し、丸谷才一や藤沢周平らの文学者を生んだまちである。そのような土地柄だからこそ、多くの人が茨木を偲ぶ会に集い、また協力を惜しまなかったのだと深く感謝した。

茨木のり子　六月の会

小田健也演出の「朗読劇　茨木のり子の世界」の公演によって、詩の多面的、立体的な楽しみ方を知った。独りで読むのはもちろんだが、朗読や群読、ソロや合唱によってまた別の感動が生まれる。

追悼公演が終わって、まだ舞台の余韻が残っている同年（二〇〇七）秋に、有志による「茨木のり子 六月の会」（代表 黒羽根洋司）が発足した。目的は次のとおりである。

一、茨木のり子の詩と生涯を庄内、鶴岡との関わりの中で理解し、深める。

二、茨木のり子の心のふるさとである庄内から、茨木のり子を発信する。

隔月で発行する会報は、茨木のり子の詩を中心とした情報誌で、二〇一八（平成三十）年十二月で六十七号に達する。メンバーは現在十五名。この十年余、私たちは茨木のり子の詩を中心に、次のようなことを企画開催してきた。

二〇〇七年▽追悼公演「朗読劇　茨木のり子の世界」小田健也（構成・演出）
二〇〇八年▽講演会「茨木のり子とルオー」渡邊善雄（宮城教育大学教授・当時）
▽朗読会「六月に詩《うた》う」蒔村由美子
二〇〇九年▽講演会「茨木のり子を語る」山根基世（「ことばの杜」代表）
▽致道博物館主催「詩人茨木のり子からの贈り物～山内ふじ江が描く
『貝の子プチキュー』絵本原画の世界～」（「六月の会」協力）
二〇一〇年▽コンサート「道しるべ ～茨木のり子の詩による歌曲集～」初演
メゾソプラノ・保多由子、作曲・ピアノ・寺嶋陸也
二〇一一年▽吉岡しげ美コンサート　in 鶴岡
▽コンサート「Viva! Women 茨木のり子を歌う」
女性コーラスグループ・ファニーカンパニー（山形市）
二〇一二年▽講演会「茨木のり子を語る」天野祐吉（エッセイスト・絵本作家）
二〇一三年▽対談　田中和雄（童話屋）と竹内実（NHKディレクター）
▽朗読　みらいなな（『葉っぱのフレディー』の翻訳家）

二〇一三年▽「朗読」日色ともゑ（女優・劇団民藝）と
「音楽」マリオネットが創る「茨木のり子の世界」
二〇一四年▽講演会「吉野 弘の周辺」高瀬靖（詩人・山形県詩人会前会長）
二〇一五年▽朗読会「日色ともゑ　朗読のつどい」
二〇一六年▽講演会「茨木のり子を語る」
アーサー・ビナード（詩人・エッセイスト）
二〇一七年▽「茨木のり子 六月の会　十周年を記念する集い」
二〇一八年▽紺野美沙子の朗読座「茨木のり子～夫《つま》を恋う詩《うた》」
作曲家・ピアニスト　中村由利子
ギタリスト・作曲家　愛川　聡
以上、敬称略

中でも二〇一七年に開催した十周年の集いには、茨木のり子夫妻の二人の甥である宮崎治と三浦宏平をはじめ、北は札幌や十和田市から南は山口県まで多くの会員が集まり、愛知県西尾市の「詩人 茨木のり子の会」からは十八名の参加があった。

現代社会の各分野で活躍している文化人や芸術家たちが、私たちに茨木のり子の詩の心をそれぞれの方法で伝えてくれた。詩は直接読むことも楽しいが、優れた媒体を通して体験する時、新たな世界が広がり、違う楽しみを味わうことができる。

十年間の活動を通して確信できたことは、今も茨木のり子の詩は、多くの人々の心の中に生き続けているということである。

私たちのさんざめきにつられて、茨木の霊は日本海を見下ろす静かな墓からふらりとやってきて、私たちのやりたい放題を苦笑しながら見ていたかもしれない。

二〇一三年
鶴岡市中央公民館にて開催した
「朗読」と「音楽」が創る
「茨木のり子の世界」
女優の日色ともゑが
茨木の詩を朗読した

写真提供／荘内日報社

四つの回顧展

——群馬県立土屋文明記念文学館

茨木のり子の詩を中心にささやかな活動を楽しんできたこの十年余の間に、県外では四つの大規模な茨木のり子の回顧展が開かれた。

二〇一〇(平成二十二)年、群馬県高崎市の県立土屋文明記念文学館で「～わたしが一番きれいだったとき～」と題した回顧展が開催された。この詩は教科書にも載っている茨木の代表作の一つである。詩には青春時代が戦争だった人たちの哀しみと悔い、そして静かな怒りが分かりやすい言葉で表現されている。彼らは青春の特権である未来を夢見ることも、自分に苦悩することも、歓喜に震えて青春を楽しむことも、苦渋にまみれながら自分を探す旅をすることも許されなかった。それどころか無念、無残の死で青い春を断ち切られさえしたのだ。

茨木の死後、初めての回顧展は、まさに宝箱のふたが開いたという感じだった。私は豊富な資料を飽くことなく眺めた。詩やエッセーなどでは得られない発見があった。国を挙げて戦争に突入していく中で子どもたちは「少国民」として育てられた。茨木も例外ではなかった。女学校では成績優秀だったので、軍事教練時には全校生を前に号令と指揮を執ることを命じられた。しかし、詩人になってからの茨木を思うにつけ、子ども時代の茨木の心のどこかに、戦争を嫌がる気持ちがあったのではないかと思っていた。

ガラスケースの中に小学五年生の時の色あせた日記があった。

「このごろは戦争〳〵でいっぱいだ。どこへいっても戦争だ。兵隊はどん〳〵ゆく、まったく涙ぐましい次第である」（一九三七・昭和十二年九月二日）

だが、この後に「私達も、日本の女である。日本人ならばこんなになま〳〵してゐられない。今朝も校長先生がおっしゃった。十日の日はみんなお金をきふするそうだ。兵隊にきふするのならのり子はたくさん出す」と続き、茨木のまじめな軍国少女ぶりがむしろおかしくさえあった。

他にも少女の頃の愛読書として『萬葉集新解』や『朝鮮民謡集』などが展示されていた。茨木の言葉の美しさや詩情は日本の古典で磨かれ、言葉が国境を超えて心を結ぶことは朝鮮の民謡から学んだのだろう。詩人としての豊かな土壌は、子どもの頃に培われていたのだ。

高崎までの小さな旅だったが、帰ってからもしばらくの間、どこか遠くを旅してきたような充足感に浸った。

それにしても、高崎の七月の陽射しは暑かった。

――世田谷文学館

二つ目の「茨木のり子展」は二〇一四(平成二十六)年に世田谷文学館で開催された。開催を前に同館から送られてきたパンフレットは斬新なものだった。縦長のパンフの表裏に、茨木の表情の違うポートレートがモノクロのアップで印刷されていた。茨木の知的なまなざしが美しい。絵になる顔だ。谷川俊太郎の撮影とあった。

開期中、私たち「茨木のり子 六月の会」のメンバーは〝大人の修学旅行〟と称して団体で世田谷文学館を訪れた。目当ての一つは沢知恵による記念コンサート「りゅうりぇんれんの物語」であった。以前私たちは、世田谷区下北沢の「ラ・カーニャ」という店で、沢が茨木のり子を歌うということを知り、訪れたことがある。あちこち場所を探してやっと見つけ、固いベンチに座った。会場は薄暗く、狭い場所に観客が詰めかけ、歌を間近で聴く。こういう経験は初めてだったので興味津々、楽しかった。

今回は、茨木の叙事詩「りゅうりぇんれんの物語」の弾き語りである。この長編詩についての詳細は後述するが、第二次世界大戦の末期、日本が中国や朝鮮半島の人々を強制連行し、過酷な条件の下で働かせたという事実をもとに作られた詩である。戦争や時の政府への怒り、アジアの人々への連帯と贖罪などが込められた、茨木の若さあふれる長編詩だ。

沢はピアノを弾きながら静かに、時に激しく、温かく、そして最後は希望へと向かう歌を詩情豊かに歌った。茨木の魂が乗り移ったかのような迫力だった。沢知恵という人間が、そしてその人生が「りゅうりぇんれんの物語」を歌わせていると、涙がにじんだ。

沢知恵、シンガーソングライター。一九七一（昭和四十六）年、神奈川県生まれ。父は日本人、母は韓国人で、母方の祖父は韓国で文化勲章を受章した文学者の金素雲。沢は日本、韓国、アメリカで育つ。一九九五（平成七）年、東京藝術大学を卒業。在学中から歌手として活躍していた。アルバム「フー・アム・アイ?」「わたしが一番きれいだったとき」「りゅうりぇんれんの物語」など多数。ハンセン病、災害被災地、少年院などの支援のため、ともえ基金を立ち上げた。二〇〇一（平成十三）年より香川県ハンセン病療養所大島青松園で、毎年無料のコンサートをしている。

展示資料の中で興味をそそられたのは、『櫂』創刊（一九五三年、第一号発刊）にまつわる川崎洋と茨木のり子の往復書簡だった。川崎の呼びかけに対して茨木は、二人に「何か共通の意図がなければ意味がないのでは」と述べ、続けて二人の共通の「場」は「詩の最大構成要素たることばに対する熱烈な思考」だと述べている。さらに「現代詩をみた場合、あまりにも日本語の扱ひが粗雑で詩語に昇華されておらず、且つチンプンカンなものが多いのでそれへのアンチとして、私なりの努力を続けてきましたし、これからも一層続けてゆくつもりです」とある。言葉に対する真摯な姿勢、情熱が二人の若い詩人を結び付けた。日本の現代詩にとって記念すべき双葉の芽生えだった。

世田谷文学館の茨木展には二カ月で全国から一万五六八一人が訪れた。この数は同館の現代文学・詩の企画展としては極めて多い入場者数だった。東日本大震災と原発事故が起きてから三年後の回顧展であった。

大震災の復興も遅々として進まず、原発の手ひどい被害を忘れたかのように再稼働や原発の海外輸出のニュースなどが流れた。時代の不安感とか足場の弱さを人々は無意識のうちに感じ、茨木の詩を求めて足を運んだものか。

その夜、「六月の会」のメンバーは、とあるレストランで食事をしながら感想などを大いに語り合った。久しぶりに見た東京のネオンも美しく、私たちの修学旅行は大成功だった。

――愛知県西尾市岩瀬文庫

愛知県西尾市は茨木のり子のふるさとである。父の宮崎洪《ひろし》が一九四二（昭和十七）年に宮崎医院を開業し、茨木はそこで成長した。その西尾市の岩瀬文庫で二〇一五（平成二十七）年の十二月十二日から翌年二月二十一日まで、特別展「詩人 茨木のり子とふるさと西尾」が開催された。

二月十一日、同文庫で「継承される意志～茨木のり子　人と作品」と題した講演会が開かれた。講師は『清冽 詩人茨木のり子の肖像』の著者、後藤正治である。当日、講演を聞いた人からの一報によると、開演一時間以上も前から行列ができるほどの盛況で、予備椅子が運び込まれた会場は聴衆で埋め尽くされたという。また講演で印象に残った言葉として「茨木のり子の本質は戦争世代だったことにある。彼女の戦争体験は重かった。戦争がなければ茨木のり子は生まれただろうか」「彼女は自分探しに苦しんだ。彼女のメッセージは〝私を生きなさい〟ということだ」とあった。

後藤正治、ノンフィクション作家。一九四六（昭和二十一）年京都市生まれ。京都大学農学部卒業。「遠いリング」で講談社ノンフィクション賞、『清冽　詩人茨木のり子の肖像』（中央公論新社）で桑原武夫学芸賞受賞。著書に『奇蹟の画家』（講談社）、『天人　深代惇郎と新聞の時代』（講談社）など多数。『清冽』で後藤は、丹念な取材と温かな視点、そして明快な筆致で詩人茨木のり子を浮き彫りにした。表題の「清冽」ほど、茨木の人生と詩の世界を的確に象徴した言葉は見い出せない。

私は残念ながらこの特別展に行けなかったので、図録だけを買い求めた。詩人茨木のり子を「のり子さん」と呼ぶ人々の息吹が隅々まで感じられる緻密で温かな冊子だった。西尾市や茨木の実家周辺の写真が多く、茨木が育った山や海や町並みの雰囲気が感じられた。ふるさとは誰にとっても特別な場所である。

西尾市での特別展の原動力となったのは、二〇一三年に地元に発足した「詩人 茨木のり子の会」の存在である。西尾市や市教育委員会と官民一体となっての「西尾市岩瀬文庫特別展」は、市民のみならず県外の茨木ファンを喜ばせたものと思われる。

――徳島県立文学書道館

茨木のり子没後十年に茨木のり子展を開催したのは、徳島県立文学書道館であった。その展示に先だって、秋に鶴岡を訪れたのはこの度の企画主任の亀本美砂である。亀本は、茨木が愛した鶴岡・庄内の地、菩提寺である浄禅寺、三川町の母の家などを訪れ、羽黒山の石段を上り、あつみ温泉のホテル萬国屋に泊まった。そこここでゆかりの人々の話に耳を傾け、山や平野から茨木の風や匂いを身にまとい、帰って行った。

その亀本が企画した徳島の「茨木展」に、「茨木のり子六月の会」会員で神戸市在住の荒木直彦が行った。荒木は酒田市出身で、茨木のり子の伯母の孫にあたる。荒木はその時の印象を次のように書いている。

徳島県立文学書道館で、平成二十八年十二月十七日から平成二十九年二月十一日まで、「詩人・茨木のり子の世界」特別展が開催された。私の自宅（神戸市）からは、明石海峡大橋を経由して車で約二時間の距離にある。

徳島といえば、「踊る阿呆に見る阿呆……」の阿波踊りであり、静かな瀬戸内海とたおやかな低山とに挟まれた暖かく穏やかな土地柄である。それは、荒々しい日本海と深雪の鳥海山や月山に囲まれた寒く厳しい庄内地方とは対照的である。そうした徳島で、茨木のり子さんの詩は、どのように読まれ、受け容れられているのだろうか。

スピーカーから流れる茨木さんの肉声に誘われて会場に入る。まず、茨木さんのご自宅の居間を再現したコーナーがあった。あたかも、茨木さんから声をかけられてお宅にお邪魔し、茨木さんがくつろぎ、詩の構想を練ったに違いない居間に招かれ、そこでしばし、茨木さんとの（沈黙の）会話を楽しませてもらうようだった。次のコーナーで、いよいよ茨木さんの人生に導かれる。出生から、多感な幼少期、戦争に翻弄された青春期を経て、幸せな結婚、「現代詩の長女」と目される活躍、しかし、最愛の伴侶を失い、そしてひっそりと亡くなるまでの軌跡を淡々と、しかし、丁寧に追ったもので、見て回るうちに茨木さんの息吹をそこここに感じ、胸が熱くなった。

「この特別展を企画された方は、茨木さんの詩もさることながら、きっと、茨木さんの生き方が大好きなんだろうね」と妻と語り合った。

この特別展は、孤高の詩人でもなく、光輝くスーパースターでもない、日常の生活の中で、喜び、笑い、憤り、時に落ち込み、涙したりする、私たちと変わらない、まさに〝等身大〟の茨木のり子さんを眼前にありありと提示してくれ、感じさせてくれた。

（「茨木のり子 六月の会」会報　五十八号二〇一七年四月一日より）

以上、茨木のり子の霊を迎えた鶴岡での動きと、全国で開催された四つの回顧展を振り返ってみた。没後十年間に開かれた四つの大きな「茨木のり子展」はいずれも多くの来館者を迎え、茨木のり子の詩に対する人々の関心の深さを示した。

十年余という月日は長いのだろうか、短いのだろうか。過ぎてしまえばアッという間と人は良くいうので、実感としては短いのだろう。

しかし、茨木のり子が亡くなった年の九月に生まれた孫娘が可愛くも生意気な口をきく十一歳になったことを思えば、十年余は豊穣の月日である。

二章　茨木のり子とゆかりの人々

茨木のり子の詩との出会い

私の生まれた山形県大石田町横山は、県のほぼ中央にあり、町の真ん中を最上川が貫流している。町は、古くは最上川最大の船着き場として栄えた。酒田港から主に海産物や塩、砂糖を積んで川を上り、下りは米や紅花、大豆などを小鵜飼船《こうかいぶね》で運んだ。子どもの頃の思い出の中にはいつも最上川が流れている。ある時は「さみだれをあつめて」滔々《とうとう》と、ある時は静かにゆったりと。町の旦那衆は、江戸時代には芭蕉を招き、戦後は歌人斎藤茂吉や洋画家金山平三の疎開を客人として歓待した。文人墨客の来町を誇りにしている町である。

私の生家は浄土真宗の古い寺で、周りは杉林に囲まれている。子どもの頃にあった樹々の名を上げれば、桜、松、銀杏、欅、アスナロ、椿、キャラ、紅葉、漆、桐、ヒバ、ツツジ。特にサイカチは、秋になると二十から三十センチほどのさやが垂れ下がり、中の実を取って水で泡立てて洗濯ゴッコをした思い出の木だ。実のなる木は、栗、クルミ、桜桃、桃、イチジクで、そういえば銀杏の実も食べた。山でもない里の狭い林にこれだけの木があるのは珍しいと、山形大学の先生が来てそれぞれの木に名札を付けていった。今は三分の一も残っているかどうか。境内は子どもの遊び場で、カン蹴りやかくれんぼなど暗くなるまで遊んだ。

祖父が住職を務め、両親は教師をしていた。父、織江祐法は一九一三（大正二）年、母、義は一九一四年生まれで、四人の子どもを育てながら仕事をしていた。両親の影響か、兄弟姉妹四人は教師になった。それぞれがまた教師と結婚したので八人全員が教員となった。

私は一九六四（昭和三十九）年に京都の大学を卒業すると、教職に就いて鶴岡に着任した。最初の赴任校は、県立鶴岡北高等学校だった。木造二階建てで職員玄関前の老松が学校の歴史を物語っていた。同校は、一八九七（明治三十）年に鶴岡高等女学校として創立された県内初の女学校で、東北地方でも二番目に歴史の古い女学校である。後に知ることになるのだが、茨木のり子の母親、勝は一九二三年（大正十二）年にこの女学校を卒業した。

そこで私は初めて茨木のり子の詩に出会った。その詩は教科書に載っていた「わたしが一番きれいだったとき」である。私はそれまで特に詩が好きだったわけではなかった。茨木の詩に対してもこれまで読んだ戦争文学とか原爆の詩と違って、分かりやすくきれいな詩という印象だった。しかし言葉はきれいだがそれらには全て、空襲、崩壊、戦死、出征、勤労奉仕、敗戦など暗く重い戦争の事実を感じた。授業はその具体的な裏付けをしながら進めた。彼女たちとは歳も近かったので、おしゃべりをし合うような授業だったような気がする。

授業に関連して茨木の他の作品、「根府川の海」や「行きずりの黒いエトランゼに」、

「いちど視たもの」などを読んだ。それらの詩は明るく大らかではつらつとしていて、若い女性が大きな世界に向かって胸を張っているところがよかった。

まっすぐピュアに語りかけてくる詩に惹かれた。読むとまた上を向いて歩きたくなる。詩人の奥深くには、怒りや批判や悔恨などのギラギラした原石があるようだが、彼女はそれを磨いてキラキラ光る言葉に仕上げる研磨機を持っている。その研磨機で、言葉をどのように磨けば光るようになるのだろうか。茨木のり子の初期の詩には、時代の中でひたすら新しい自分でありたいと願う決意や希望、そして覚悟が感じられた。教育という現場で働くときめきはあったが、些細なことで打ちのめされて、次の朝はまた新たな覚悟で出発する。そんな繰り返しの中で茨木の詩は、私の希望となった。少しずつ惹かれていった。

二十五歳で同業の教師と結婚して、二十代後半から三十代初めにかけて三人の子どもを慌ただしく出産した。育児、家事、仕事と獅子奮迅（?）の活躍だった。夫は協力的だったが、仕事と家庭を両立させようとすると当然ながらさまざまな壁にぶつかる。家庭や職場で突き当たるどんな小さな問題も、辿って行けば日本の社会や歴史が育ててきた大木の、張り巡らした根っこに突き当たった。私はあっちにぶつかりこっちでへこたれながら、時に原石のままの言葉を家庭でも職場でもまき散らした。

当時、世の中全体が女性にとって必ずしも働きやすい社会ではなかった。それは、残念ながら今も同じ状況である。定年制や職場の仕事内容その他で何かと男女の差別があった。結婚した頃は二年生を担任していたが、年配の男性教師から「子どもを産むのは彼女たちを卒業させてから」と真顔で言われた。今なら立派なセクハラだ。職場で三人目の妊娠が知れると「またか」と面と向かって言われた。若い男性教師だった。マタハラだ。そんなカタカナの言葉などなかった時代である。

一九六四（昭和三十九）年、東京オリンピックで日本中が湧いた。一九六五（昭和四十）年、アメリカがベトナムへ北爆を開始した。一九六〇（昭和三十五）年に池田勇人内閣によって唱えられた「所得倍増計画」は、高度経済成長時代を迎え、公害などのひずみを生んだ。そのような時代に生きる若者を、どう育てればよいのか。教育、権利、男女差別、民主主義などの本を読み、組合活動にも参加した。

茨木の詩「いちど視たもの」は、戦争をくぐり抜けてつかんだ「自分」を爽やかにうたっている。

若かったわたくしは
ひとつの眼球をひろった
遠近法の測定たしかな
つめたく　さわやかな！

「いちど視たもの」より一部抜粋
（『茨木のり子全詩集』所収『対話』花神社）

職場でぶつかりながら権利意識に目覚め、男女平等を願い、若者の未来のために平和を望んだ。それは私がつかんだ「ひとつの眼球」だった。そして「つめたく　さわやかな」「眼球」を手放すまいと思った。

「母は庄内の産」

四十代になった頃、茨木のり子の詩はさらに強く私の心をつかんだ。たまたま読んだ茨木のエッセー「東北弁」（『言の葉さやげ』花神社）に、母親が「山形県の庄内地方の産」「鶴岡市から二里ばかり離れた在」とあったからだ。思いがけない喜びだった。教科書の中の茨木のり子が、急に身近な存在となった。

本を読んでいる時、著者が何県生まれかなどほとんど詮索しないのが普通である。本はおもしろければいい。ところが、名のある文学者のふるさとの人々は我が町出身の有名人に対して冷静でいられない。その結果、石碑が建つ、名前を付けた文学館・資料館が建つ。文学館研究会によると、そうした文学館は日本全体で七百数十館あるという。

土地の人びとが自慢したい人物は上げたらきりがない。歴史上の人物、史跡、物語や歌に出てくるおらが在の人、小説の主人公、政界、財界の大物小物、学者、それから野球、サッカー、相撲などのスポーツ界、芸能人、芸術家など。地方の小都市に住んでいると、政治、経済、文化などすべてが東京中心に動くので、少しばかり疎外感がある。だから、何ごとにつけ心の中で我がふるさとを応援したくなるのである。

茨木の文章は続く。「物ごころついた頃は、庄内弁をたっぷり浴びていた」と。保育専門家や絵本研究家は母親たちを前に、乳幼児期に浴びる母親の言葉のシャワーは、人間のものの考え方や感性を育てると繰り返し語っている。

茨木のり子は母親の庄内弁で育てられた。「めっこいごど　めっこいごど」とあやされ、「なして　泣ぐあンだろ」と心配され、「ほれ　いっぺのめ」と慈しみをもって育てられた。茨木のり子は意識以前の世界で母親から全身に庄内弁を擦り込まれたのである。

ところがその母は、庄内弁に劣等感を持っていた。夫の仕事の関係で大阪、京都、愛知県と居を替えたが、どこへ行っても慣れない標準語を遣って外ではしおらしくだんまりがちだった。その分、内では夫や子どもを前に庄内弁をしゃべりまくった。茨木は「後年詩などを書いて踏み迷う仕儀に至るのも、遠因は母が二刀流のように使う二つの言葉のおもしろさに端を発していたのかもしれない」(「東北弁」)と言っている。

これまで郷土出身の有名人の誰に対しても、ほどほどの関心、それなりの応援しかしてこなかった私だが、茨木のり子が庄内ゆかりの詩人であることを知って以来、考えを変えた。これほどの詩人が、〃おらが在〃と関わりがあるということは大事件だ。その「母親の在」をどうしても突き止めたくなった。

しかし、関心が即、行動につながるとは限らない。好奇心は煩雑な日常の中でくすぶりながら、また幾年かが過ぎていった。

授業「りゅうりぇんれんの物語」

かねてから茨木のり子の叙事詩「りゅうりぇんれんの物語」の授業をしたいと思っていた。いつの間にか、勤務していた県立高校の定年退職もそんなに先のことではなくなっていたので思い切って実行することにした。一九九三(平成五)年の十二月である。

テキストは全国学校図書館協議会発行の中・高校生向き集団読書用『りゅうりぇんれんの物語』で、クラスの人数分を図書館で用意してもらった。時間があまり取れないので朗読を生徒に割り当てておき、どんどん読み進めていく。授業の終わりに質問や説明のための時間を少し取った。

この叙事詩を、高校生と一緒に読みたかった理由は三つある。

一つ目は、平易な言葉で書かれた詩は、読めば分かる、聞けば理解できるということ。二つ目は、分かれば「なぜ?」と聞き返さずにはいられない歴史の真実が描かれていること。三つ目は、現代にも続いている深く重い日本の侵略の歴史を知り、詩を書いた茨木の思いを汲むということであった。

ちょうど時代は細川連立内閣が成立し、首相が「日中戦争は侵略戦争だった」と発言した頃である。先の大戦をそういう言葉で述べた首相は初めてだったので、国内外に反響を呼んだ。そして従軍慰安婦、強制連行、捕虜などに対する補償の問題がいっきに噴き出した。新聞では中学生、高校生の声を積極的に紹介し、「過ちを繰り返さないためにも、真実を知らなければならない」、「自分には関係ないことと片づけるのではなく、真実と受け止め、平和の尊さを知る必要がある」などの声が私を刺激した。結局、首相の「侵略戦争」発言はうやむやになってしまったが、そういう時代に高校生がこの叙事詩を読むことに意味があると思った。

この詩の概略は次のようである。

第二次世界大戦末期、日本国内の生産力を維持するために、日本は中国や朝鮮半島からその国の人々を強制的に連行した。その中の一人である中国人・劉連仁は、北海道の炭鉱に配属されたが、過酷な労働に耐えきれず、終戦直前の一九四五(昭和二十)年七月に脱走した。最初は仲間と一緒だったが、後には一人で北海道の野山を十三年間逃げ回った。そして一九五八（昭和三十三）年、ついに発見され、中国の妻子のもとに帰った。

この実話をもとに、一九五九（昭和三十四）年に『穴にかくれて14年─中国人俘虜劉連仁の記録』（欧陽文彬著・三好一翻訳　新読書社・現在三省堂刊）という本が刊行された。茨木のり子はその本をもとにして日本の侵略戦争に翻弄された中国人の姿を描いたのである。

この詩が『ユリイカ』に発表された前年の一九六〇年は、日米安全保障条約に反対する運動が全国的に高まり、茨木も一個人としてデモに参加している。その行動の盛り上がりにも関わらず、安倍晋三首相の祖父である岸信介首相は新安保条約に調印した。

こういう時代を背景にして茨木は、岸信介は何をした人物であったのかを書かずにはいられなかった。

戦時中、中国から十万ともいわれる男たちの日本連行を可能にした『華人労務者移入方針』の案を練ったのは、当時商工大臣だった岸信介である。敗戦で彼はA級戦犯として留置されたが、なぜか不起訴となり、一九五七（昭和三十二）年には総理大臣となった。茨木はそういう歴史の事実を「罪もない　兵士でもない　百姓を／こんなひどい目にあわせた／『華人労務者移入方針』／かつてこの案を練った商工大臣が／今は総理大臣となっている」と、静かな怒りを持って書き記している。

なお、「華人労務者移入方針」とはそのテキストの注解で次のように説明している。

「中国の人々を強制連行するについての、内閣の決定。（昭和）十九年、日中戦争の長期化と全般的な戦況の悪化で、男たちが、根こそぎ、戦場に動員された後、中国の人々を、国内生産力維持のための道具にしようと、政府は、決定の促進を本格化する。日本軍は、これを『三光作戦』として行ない、山東省など華北では、村ごとに、少年から老人までの、男という男をつかまえ、抵抗する者は殺した。連行された人の数は、十万ともいう。別に、朝鮮からは、六六万余人の人々が連行された」（原文のまま）

授業後に書いた感想文は、高校生の率直な声が反映された読み応えのある内容であった。戦争という時代の事実と茨木の心を伝える言葉を、若者たちはピュアな心で柔軟に受け止めたと感じられた。

「のり子さん」を語る

――夫の従弟　十八代本間儀左衛門

「りゅうりぇんれんの物語」の授業をしていた時、以前から知りたいと思っていた茨木の母親の出身地の手がかりをつかんだ。『茨木のり子　花神ブックス1』（花神社）の中にある岩崎勝海著「三浦安信／のり子夫妻」である。それによると茨木のり子の夫は鶴岡市出身で、しかも「山形県温海温泉のホテル万国屋（原文のまま）の社長をしている本間新哉君」の従兄であるという。欣喜雀躍。「本間新哉君」を訪ねればいい。遠い存在だと思っていた茨木のり子がにわかに身近な人として浮かび上がった。

一九九三（平成五）年暮れ、電話をし、指定された日にあつみ温泉に車を走らせた。

現在は鶴岡西からあつみ温泉まで日本海沿岸東北自動車道が開通したのでほぼ三十分で行けるが、当時の主要道路は日本海沿いの国道七号線をひたすら南へ向かう道だった。荒波が白いしぶきを岩にたたきつけては引いていく。灰色の空は低く垂れ込めて水平線をぼかしている。冬の日本海はひどく気性が荒い。

温海町（現・鶴岡市）は、海に面しているが町のほとんどは山である。温泉街のまん中を温海川が川底浅く流れ、両岸に旅館が立ち並んでいる。春は川添いの桜並木が爛漫の花を咲かせる。人びとは四季折々に変化する海、山、川の恵みを受けて暮らしている。

萬国屋は一六四四（寛永五）年創業の老舗で、何度も水害や大火などに見舞われたが、移築、増築、改築を重ね現在に至っている。東北地方でも有数の規模の大きいホテルである。私が訪ねたその年は豪華な新本館が完成したばかりで、十二月末の日曜の朝、見上げるほど高い天井の華やかなロビーは一夜の宴を終えて発つ客で賑わっていた。

案内された応接室で来意を告げた。初めて会った「本間新哉君」改め十八代本間儀左衛門は、品のいい老紳士であった。穏やかな笑顔と気さくな態度で次のようなことを話してくれた。

「のり子さんのお母さんはですの、三川町の大瀧家の出身ですよ。のり子さんの旦那さんは三浦安信という方で、鶴岡で三浦医院の院長をしている光彦さんの弟さんです。彼は私と従兄で、家内は茨木さんと従妹同士なんです」

冷静に整理しないと系図がたどれない。つまり、両夫妻はとても親しい親戚関係にあるということである。茨木のり子の夫、三浦安信が若山牧水に似ていることから〝牧水会〟という親睦会を作った。メンバーは三浦夫妻、岩崎勝海夫妻、儀左衛門夫妻で、安信が亡くなってからも続いていたという。

彼は「のり子さんがこちらに来た時は必ず会えるように連絡しますからのぅ」と言った。「のり子さん」という響きに親愛の気持ちを感じた。

その後、儀左衛門の「のり子さんが来た時は連絡する」は、とうとう実現しなかった。その理由は茨木のり子の健康がすぐれず、牧水会が開けなくなったこと、そして儀左衛門も晩年病気がちで入退院を繰り返していたからだった。ある時、酒田市にある日本海病院にお見舞いに行った。そのとき病床で言った「連絡しますから」の言葉には胸がいっぱいになった。責任感の強い誠実な方であった。

十八代儀左衛門は地元のさまざまな団体の要職、公職に就き、一九九六(平成八)年、勲五等瑞宝章を受章した。

二〇〇五年に八十一歳で永眠。茨木のり子が亡くなる一年前のことであった。

あつみ温泉
「萬国屋」にて
写真右から
十八代本間儀左衛門
茨木のり子
岩崎勝海
岩崎道子
本間幸男
本間律子

写真提供／本間律子

――母の家　大瀧三郎右衛門家

本間儀左衛門から茨木のり子の母の家を聞いた二～三日後、私は小雪舞い風の吹きすさぶ庄内平野を、三川町目指して車を走らせた。母の家は同町東沼にある大瀧三郎右衛門家である。大瀧家は江戸時代から続く大地主で、「三郎右衛門」は代々の家名だ。当主は大瀧良三、茨木の従弟である。

車を降りて杉木立に囲まれた砂利道を通って広い庭に入ると、歴史の面影を伝える重厚な家が目前に現れた。案内を乞い、通された部屋には立派な仏壇と神棚がまつられていた。「親が姉弟なので、のり子さんとは従弟同士になるわけだが、のり子さんのお母さんが亡くなってからあまり往き来がないもので」と大瀧良三は訥々と語った。

私の好きな詩に「母の家」というのがある。「ご存知でしょうか」と問う。知らないという。朗読した。

雪降れば憶う

母の家
たる木　むな木　堂々と
雪に耐えぬいてきた古い家

「母の家」より一部抜粋（『茨木のり子　花神ブックス1』）

「そうです。そのとおりです。ここの隣の部屋にいろりがあって、そっちの土間には牛を飼っていて」

大瀧家については、『三川町　史全』（三川町）に次のように記してある。

「同村の大瀧三郎右エ門は江戸時代中期から地主として成長し、天保九年江戸城西丸普請の時の冥加金では、二〇両を献じ、荘内の御料のうちで（略）第五番目であった」

また『東沼のあゆみ』（東沼郷土研究会）の中で本間勝喜は「特別寄稿　東沼と大地主大瀧家」を二十五ページに渡って執筆している。それには明確な年号の記載はないが、前後の文章から一六二三（元和九）年頃からの旧家としている。名刺の裏には「大瀧家最後の当主」とあった。大瀧良三、二〇一五年十一月没。

——伯母の家　木村九兵衛家

大瀧良三の紹介で次に訪ねたのは、鶴岡市矢馳の木村九兵衛家である。同家は茨木のり子の母、勝の姉である栄の嫁ぎ先である。栄は、子どもの頃に母を亡くした姪ののり子を慈しんだ。栄が亡くなった後も、茨木はお歳暮を贈ったりして親交を重ねてきた。案内を乞うと出てきた女性は、栄の孫にあたる人である。

「のり子さんからお歳暮にいただいたチョコレートなんですよ」と、お茶と一緒に塗りの盆に乗せた菓子を勧めてくれた。そしてアルバムや新聞の切り抜きなどを広げて茨木と祖母との交流の様子を語った。「この方がのり子さんのお母さん、この方が弟さん、これが私の祖母です。のり子さんのお母さんは早くに亡くなり、東沼のばばさまも亡くなってからは、私の祖母を慕ってくれたようでした。祖母が病気をした時も、何かと気を遣ってくれました」。少し間をおいて、「祖母も、父も亡くなりました」。

ふいに、茨木の詩の一節が浮かんで来る。「あれから五十年／ひとびとはみな／掻き消すように居なくなり」（「答」『食卓に珈琲の匂い流れ』）

「私は祖母につながる匂いのようなものを、のり子さんの詩に求めています」。

そう語った彼女の静かな言葉が忘れられない。

木村九兵衛家は江戸時代から続く大地主で、代々その名を名乗ってきた。『大泉村史』（西田川郡大泉村）には、村が古代から発展してきた歴史が書かれていて、その中の「第四章　封建社会の大泉村（二）」には、次のような記述がある。

木村九兵衛

幕府から藩への課役をはじめ、天災凶作に際し度々のご用金、救済金等農民へも才覚方依頼があったが、之に対し淀川組矢馳木村九兵衛の功績は大きく、それにつれて九兵衛の身分も次第に高く苗字御免に至る。実に今の木村九兵衛の先祖代々の功績である。

村史にはこの後にも、代々の木村九兵衛の功績が詳細に記述されていた。

——三浦夫婦の義姉、三浦和枝

「のり子さんが黒紋付の花嫁衣装を着て、建て替える前の家でしたが、その古い玄関から入ってきたこと、今でもはっきり覚えていますよ」

三浦医院の前院長夫人、和枝は語った。安信夫妻の義姉にあたる。涼しげな声の、美しい人である。

「庭のいちじくを煮たものです」

べっこう色のこっくりとろけるいちじくだった。

「のり子さんは、お料理も上手なんですよ」

自慢の妹を話す姉の口ぶり。詩人川崎洋も「お世辞抜きにして、この三十年近くの間では茨木さんの手になるお料理が、美味において、演出の上でも、断然群を抜いている」（『茨木のり子　花神ブックス1』）と書いている。

安信の兄、光彦は体調を崩しているとのことで会えなかった。

「のり子さんは本当にまっすぐないい人なんです」

「手紙もたくさんいただいていますが、お人柄そのものです。簡潔でまっすぐ。でも思いがあふれていて」

庄内のゆかりの人々が呼ぶ「のり子さん」という響きの中に、愛され、親しまれ、誇りに思われている茨木のり子がいた。

それから私は何度か三浦和枝を訪ねた。家が近いということもあったが、行けば茨木のり子の話が聞ける楽しみがあったからだ。それに和枝の庄内弁が心地よかった。庄内の言葉をこれほど美しく語れる人に私は出会ったことがない。

次は和枝が語った茨木のエピソードである。

「（一九六一年に）安信さんがくも膜下出血で倒れましての。見舞いに行きましたが、病室でのり子さんとしばらく話をしてですの、部屋を出る時は後ろ髪引かれる思いでした。外に出たらですの、その二階の窓からいつまでも手を振って見送ってくれて。あの姿が忘れられません。どんなにか、心細かったことでしょうのぅ」

安信は回復し、職場に復帰したが鬱傾向となり、暗く物静かになった。「どこかに暗さと寂寥とを隠していたひと／深く考える者にはさけられない／鬱へのかたむき」（「モーツァルト」『歳月』花神社）と詩にある。

一九七五年五月、安信は肝臓がんで亡くなった。五十七歳だった。茨木四十八歳の時である。

茨木は夫が亡くなってからも夫の生家とのつながりを大切にした。そして和枝も季節の物を送ったりして交流を絶やさなかった。夏の終わりには茹でたダダチャ豆を送り、寒の季節には調理した寒鱈汁を宅配便で送った。寒鱈汁は、寒中に日本海で捕った鱈をぶつ切りにして味噌汁にしたものである。庄内の人々が真冬に好んで食べ、商店街では寒鱈まつりのイベントも企画される。

何年か経って安信の兄の光彦が亡くなり、和枝も一人暮らしとなった。和枝は寒鱈汁の調理が億劫になって、もう送れないと電話をすると、茨木は「私、作れます」と言ったと和枝は笑った。

―安信さんが亡くなってからですの、のり子さんはずっと一人暮らしでがんばって元気な詩を書いてきましたども、本当は寂しい人でした。夜、寂しくてどもならなくなりますど、「おねえさん」て、電話くんなでがんしたっけ（電話が来るのでしたっけ）。
ある時、電話口で、お風呂に入るのが億劫だと言うなですけ。
それなら、足湯ささへ（なさい）。シャワーあんなでがんしたっけが？
シャワーなどない。足湯って、どうするの？
またある時、一人の夜は怖いと電話がきましての。
それなら、セキュリティーをささへ。何かと安心ですよ。
すると、そんなのはする気もないと言いましての。
本当に何にもないのですけぇ。

車がない
ワープロがない
ビデオデッキがない
ファックスがない
パソコン　インターネット　見たこともない

けれど格別支障もない

「時代おくれ」より一部抜粋（『倚りかからず』筑摩書房）

夫、安信に濃くつながる義姉の前では、安心して三浦のり子になった。茨木は居間にある時代おくれのダイヤル式の黒い受話器を取って、和枝に愚痴をこぼし、訴え、笑い、甘えた。音楽のように流れてくる和枝の温かい庄内弁に浸りながら、同じ言葉で語った母や祖母、夫に包まれていたのだろう。

茨木は「母のくにの言葉が私は好きで、自分の育った三河弁よりもはるかに好きで」（「東北弁」）と書いている。母を通して父祖の土地につながる言葉のＤＮＡが深く体内に流れているのである

庄内のゆかりの人々はみな「のり子さん」と呼んで語ってくれた。子どもの頃の宮崎のり子を、美しい花嫁姿の三浦のり子を、有名な詩人となってもそんなことはおくびにも出さない謙虚な「のり子さん」を。茨木のり子は確かに庄内にいた。そのことを身内の人々は当然ながら知っていた。しかし謙虚で出しゃばることを好まない庄内人である。

誰も語ることなく、したがって一般的には誰も知ることなく過ぎた。

灰色の空が低く白い平野を覆っている。これから地吹雪の本格的な冬が来る。一面の白い季節の中で人々はひたすら春を待って生きる。雪国の人は冬を耐えて過ごすのではない。やがて来る春への期待を心に灯して生きるのだ。待つことこそ雪国の人々の勁《つよ》さなのだ。

詩人茨木のり子を庄内の人々と風土の中に立たせてみる。すると、強い精神力、繊細な感性、謙虚さ、羞恥心など、どの地に立つよりも自然であたりに溶けこんでいるように感じられる。なぜだろう、茨木のり子と庄内はどのように結びついているのか。母から流れた雪国の気質がその詩にどのような影響を与えたのか。

ゆかりの人々との出会いは、茨木のり子への私の関心をさらに強くした。

三浦和枝は二〇一六（平成二十八）年七月十三日、彼岸へ旅発った。享年九十七歳、茨木のり子の愛した庄内の佳人である。

三章　庄内を舞台に

母、宮崎勝のこと
——青春、そして結婚

茨木のり子の母、宮崎勝は一九〇五（明治三十八）年、大瀧三郎右衛門と光代の七人兄弟姉妹の四女として生まれた。

茨木のり子の母、勝

写真提供／宮崎治

一九一八（大正七）年、鶴岡高等女学校本科（現県立鶴岡北高等学校）に入学。生徒は庄内一円、そして新潟県からも入学したが、主に旧藩主、士族、豪商、豪農の子女たちであった。

明治以降、日本は積極的に西欧の文化を取り入れてきたが、男尊女卑の社会風潮は根深く、女子には教育の機会が与えられなかった。しかし、富国強兵を目指す明治政府のもと、国家の意向に沿った良妻賢母教育の必要性に迫られて、一八九五（明治二十八）年「高等女学校規程」が文部省令として出された。これは高等女学校がどのような教育を施す機関であるかを明らかにしたもので、修業年限は六年と定めた。ついで一八九九（明治三十二）年、勅令として「高等女学校令」が公布された。女子に必要な中等教育を行うことを目指して規定された勅令である。

鶴岡高女はそれより二年早い開校だった。基本的には良妻賢母としての教養、品行を重視した教育であった。勝が在籍した大正時代のカリキュラムは、国語、歴史、地理、数学、理科（化学、物理）、外国語、体操、修身、図画、音楽、裁縫、家事などであった。運動会や修学旅行などの行事もあり、勝はのびのびと楽しい青春時代を送った。

茨木の詩に「母はわらじをはいて二里の道を女学校へ通った」とある。女学校には近郷、近県の生徒たちのための寄宿舎も設備されていた。冬季はもちろん寄宿舎に入った。庄内の地吹雪は恐ろしく、徒歩で通える距離ではない。一九二二（大正十一）年に創立二十五周年記念式典が挙行され、勝は最高学年として晴れやかな気持ちで臨んだ。その翌年三月に卒業した。十七歳だった。

一方、後にのり子の父となる宮崎洪《ひろし》は、長野市善光寺の門前で味噌、醤油の醸造を家業とする老舗の六男として生まれた。医師の道を志し、金沢医学専門学校（現・金沢大学）を卒業。財産分けの時に、財産はいらないから留学させてくれと頼み、スイスのベルン大学に留学した。

それにしても、山形県庄内出身の大瀧勝と長野県出身の宮崎洪の結婚には、どのようないきさつがあったのだろうか。後に宮崎洪が愛知県西尾市吉良町に開業した宮崎医院で、長く看護師として働いた山崎菊美は次のように語った。

「のり子さんの弟である英一さんが子どもの頃、御両親の出会いのきっかけとなった話をされたことがあります」

それによると、宮崎は医学博士の学位を得て日本へ帰る船中で、一人の男性と知り合った。ある日、その男性が宮崎に言った。

「時に君、ワイフはいるかい」

その男性は庄内地方の出身で、自分の母は大地主の家で乳母をしていた。そのお嬢さんは女学校を出た優秀な人だと宮崎に語った。その場面を英一少年は両手を後ろ手に組んで、行ったり来たりしながら実演して見せたという。

この男性について二〇一六年暮れの初版には、「その男性がどういう人で、なぜその船に乗っていたのか不明である」と書いた。次はその後日談である。

二〇一七年一月八日、私は一通の手紙を手にした。手紙の主は石黒征子。その義母、石黒常は後に詳述するが、茨木の従姉である。征子は拙著を読みながら「勝さんと宮崎洪さんはどのように知り合ったのでしょうか」と義母に尋ねると、直ぐに「田林ツナタ。勝さんの乳兄弟で、大瀧家の援助で東京医科専門学校を卒業して、教授にまでなった人だ」という言葉が返ってきた。

征子は東京医科大学（戦後の名称）を出た知人に問い合わせたところ、田林綱太は大正十二年に卒業し、泌尿器科の名誉教授で、昭和四十八年没ということが分かった。

「宮崎先生と田林先生は、ヨーロッパからの帰り道でご一緒だったのですね」

征子の驚きと喜びがそのまま文面から伝わってきた。

私はすぐインターネットで「東京医科大学泌尿器科　田林綱太」と検索した。そして、「田林綱太先生を悼む――鈴木三郎」という追悼文があることを知った。大学に電話し、尋ねると、泌尿器科の事務官K氏が、雑誌『臨床泌尿器科』掲載の追悼文全文がインターネット上に公開されていることを教えてくれた。

その追悼文によると、田林氏は鶴岡より上京し、東京医科専門学校を卒業後、スイスのベルン大学細菌学の教授の許で研究、Doktor der Medizin（ドクトル　メジチーネ）の称号を得、帰国後に助教授となった。学業的な功績のほかに、剣道五段、漢詩、書画骨董などを愛したことも紹介されていた。また「数々の栄誉を受けられ、今日の学会の礎石の一つを築かれた」「遺骨は七月二十八日に遺族に護られ、故郷鶴岡市山王町林泉寺に納められた」とあった。すぐ林泉寺に問い合わせたが「(同家は)何年も前に寺を離れて東京に引き上げ、以後はいっさい不明」とのことであった。

略歴によると、田林綱太は一八九二(明治二十五)年、鶴岡に生まれる。一九二三(大正十二)年、東京医学専門学校卒後、スイス・ベルン大学入学。一九二四年、同大学を卒業し、独英米の医学を研修して同年帰国。一九四五(昭和二十)年、東京医科大学教授就任。一九六十三年退職。名誉教授。一九七十三年死去とあった。

話は戻り、勝と宮崎のいきさつである。ここからは私の推測だが、田林綱太は大瀧家に恩返しの気持ちもあって積極的に動いた。田林からの連絡で宮崎が大瀧家を訪ね、勝と会った。勝は宮崎の飾らない人間性や人に接する態度、広い見識などを直感的に好ましく感じ、宮崎は自己主張のはっきりしたヨーロッパ人の中で暮らしてきたので、おっとり控えめではあるが、芯の強そうな勝に新鮮な魅力を感じたのかもしれない。

乳兄妹だという男性がいなければ二人の出会いと結婚はなかったわけで、人の縁の不思議さに心打たれる。

二人は結婚し、大阪に住んだ。一九二六（大正十五）年六月十二日、長女のり子が誕生し、二年後に長男英一が生まれた。大変仲のよい夫妻だったという。菊美は次のような会話を記憶している。

宮崎が「のり子の色が黒いのは、君の実家が百姓で、その土が黒いからだよ」と言えば、勝も負けずに言い返した。「のり子の色黒は、あなたの生まれが味噌、醤油屋だからですよ」。茨木のり子が特に色黒だったとは思えないが、こんな会話もできるような自由な雰囲気の家庭だったのだろう。

宮崎の仕事の関係で大阪、京都、愛知県と移り住んだ。どこででも勝が言葉に劣等感を持っていたことは前に述べた。勝のみならず東北人が言葉に劣等感を持っていることに対して宮崎は「他地方へ出ても平然と話せるよう、小さいうちから学校で標準語をきちんと教えるべきである、言葉が人間のハンディキャップになるなんてそんな馬鹿な！」（「東北弁」『言の葉さやげ』）と憤慨した。東北弁は長く侮蔑、嘲笑の対象となった。これは、日本の歴史や文化と関連する根の深い問題である。

方言について茨木のり子と同年生まれ、山形県酒田市出身の詩人吉野弘は「僕が青年期の時は、方言を侮辱されるという体験を、たっぷりと味わいました」と書いている。
吉野弘は十八歳で酒田市立酒田商業学校を卒業して、地元酒田の帝国石油会社に就職した。石油の先進県は秋田と新潟だったため、彼らの言葉が標準語で、庄内弁は方言として笑われたというのである。吉野は「いわゆる標準語というものは、文化の中心にいる人間の優位感に支えられているもの」だと考えた。「よし、それなら、〝日本語〟という土俵の上で、一つ喧嘩をふっかけてやろう」という気持ちが起き、「誰にもわかる日本語で書く」「日本語というステージで、きちっと論理を通すだけの力」をつけることを自分に課した。（「インタビュー⑤酒田言葉」『おしゃべりポエム　風の記憶』吉野弘　ＳＰＯＯＮの本）
二つの言語を持った人間が、「方言」をバネとして、「日本語」で真剣勝負をした。吉野弘の惻惻《そくそく》と胸を打つやさしさや哀しみの詩は、長年、日本語を鍛え、日本語を厳密に選んで詩を書き続けたその美しい結晶であった。
現在は、テレビなどを通して日本全体が標準語を使うようになり、子どもたちは方言を知らない、使わなくなったと逆に大人たちが嘆いている。方言がなくなるということは、地方の大切な文化が消滅することでもある。

茨木のり子と
同時代に活躍した
酒田市出身の
詩人吉野弘

酒田港の岸壁にて

写真提供／宮崎治

――シャイで大胆な人

ところで、宮崎勝という女性はどのような人だったのだろうか。

詩やエッセーに、母についての記述は少ない。詩では「母の家」に「母はみの着て小学校へ通った／母はわらじをはいて二里の道を女学校へ通った」とある。また「答」では、「ふぶく夕」、「膝をそろえ火鉢をかこんで坐っていた／その子らのなかに私の母もいたのだろう」とシルエットのようにうたわれているだけだ。母との死別は十一歳の時であったため、記憶に残ることが少なかったのだろうか。

私は、勝はシャイと明朗活発を合わせ持った人、また大胆で意志の強い女性だったのではないかと思っている。

茨木のり子は母親について、東北弁に劣等感を持っていて外では寡黙で、「家のなかで奔放に庄内弁をしゃべりまくる母は天馬空を行くがごとしであった」（「東北弁」）と述べている。現代のように共通語も方言も自由に話せるようになった人たちにはわからないかもしれないが、かつて東北人は野蛮で遅れた国の人だと言葉を笑われ、そのために人前では無口で消極的な傾向にあった。勝のような人が一般的だった。しかし、お国言葉を自由に話せる家庭の中では、勝は別人のように自由奔放なのだ。その姿こそ、勝の本来の姿である。シャイにして明朗活発、しおらしく大胆な人なのである。

勝の人柄について、さらに宮崎洪との結婚から考えてみたい。

勝は一九〇五（明治三十八）年生まれである。明治になったとはいえ、ほとんどは江戸時代の家父長制そのままの社会だった。特に農村では家長の権限は絶対だった。縁組は親の意思で決まり、家柄が釣り合うかどうかがまず第一条件だ。勝の姉妹兄弟はみな当時の慣習に従って縁を結んだ。長女の淑は酒田の米問屋の荒木家、二女の繁は鶴岡市平田の大地主五十嵐弥一郎家、三女の栄は鶴岡市矢馳の大地主木村九兵衛家、長男の三郎は家を継ぎ、次男の光次は若い時に結核を患い独身のまま三十七歳で死亡、末子である七郎は最上川を遡って、少し離れた大石田町の豪商で山林地主渡邉家の婿養子となり喜助を名乗った。

このように兄弟姉妹は近郷近在の同じ階層の人と縁を結んでいる。その中で四女、勝の縁談の相手は両親にとって思いもかけない人物だった。大阪で病院に勤務しているヨーロッパ帰りの医学博士である。肩書も職業も申し分ないが、問題は〝大阪〟だ。当時は東京にもめったに行けない遥か遠くの地である。まして大阪といえば、東北人にとってはほとんど想定外の異郷であった。

鉄道は部分的に少しずつ敷かれ伸びていた。一九一四（大正三年）に新潟県新発田―村上間、その四年後に余目―鶴岡間、さらに四年後に羽前大山―三瀬間が開通して、新津と秋田間の羽越本線が全線開通したのは一九二四（大正十三）年のことである。

現代のヨーロッパ旅行の方がよほど気楽、手軽、安易である。

両親はこの縁談をどのように考えたのだろうか。近くに嫁いだ三人の姉たちはどうか。親類には反対する人もいたはずだ。しかし、まわりがどうであれ勝が嫌だと言えば決まらない話である。結果的に、二人の縁談はまとまった。勝の決意は、大瀧家の慣習や秩序、大袈裟に言えば当時の村社会の常識を超えたものだった。

宮崎洪は勝の心をとらえるにふさわしい魅力的な男性だったことに違いはないが、勝はやはり「天馬空を行くがごとき」性格であったと思われる。新しい世界へ強く羽ばたく力を持った女性、しおらしくシャイな反面、大胆で意志の強い女性であった。そういう母からまっすぐその血を受け継いだ茨木のり子もまたシャイにして大胆、意志の強い詩人である。

母が娘に与えたものはそれだけではない。

「東北弁」に「私が物ごころついた頃は、庄内弁をたっぷり浴びていた」とある。のり子は母の庄内弁をシャワーのように浴びて育った。勝は日常会話のみならず、庄内弁で子守歌や昔話など、庄内の文化を伝え、喜怒哀楽を表す言葉を教えた。「言葉が子どもを育てる」とは、ずっと後に私が茨木本人から直接聞いた心に残る言葉である。茨木のり子の感性や、言葉に対する感覚などは天性に因るものであるだろうが、母親から直に伝えられたものは大きい。

また勝は我が子を、言葉の面白さを敏感に感じる子どもに育てた。「いきいきしたお国ことば」で子どもの心を耕し、「奔放に庄内弁をしゃべりまくく」って、言葉の芽が育つ肥沃な土壌を用意した。そしてそこに、誰も、勝本人さえ気づかないほどそっと言の葉の種が蒔かれたのである。やがて、約束された大輪の花が美しく咲くように、母は、すべてをちゃんと用意しておいたのだ。

――若すぎる死

一九三七（昭和十二）、のり子十一歳の時だった。

その年の夏も、勝親子は三川町東沼の大瀧家に滞在していた。祖母の光代は遠来の娘家族を歓待し、息子に頼んで姉弟を羽黒山に案内させた。その時のことを、茨木は次のように回想している。

「幼い頃、祖母に山形県の羽黒山縁起のはなしを聞かされたことがある。むかしむかしなんでも皇室に、どうしようもなく醜悪な子が生まれてしまって、仕方なく羽黒山まで来て捨てたというのである。

蜂子皇子《はちこのおうじ》という、その皇子が大きくなって、羽黒山をひらき、修験道の開祖になった。祖母の東北弁によれば、

『あんまりめぐさくて、羽黒山さ、うたられたあンだと』

ということだった。

子供ごころにもその王子様がかわいそうでならなかった。それほど奇怪《きっかい》だったのだろうか？　ハチコという名もふしぎだった。弟と二人、叔父に連れられて羽黒山に登ってきたばかりだったので、あんな深山幽谷に捨てられて、夜なんかどうしたのだろう？昼なお暗くうっそうとした杉林を思い、獣の声なんかも聞えるようで、ぞっとした。籠に入れられた捨子のイメージだった。
昭和十二年頃のはなしである。」

（「涼しさや」『一本の茎の上に』筑摩書房）

祖母がやわらかな庄内弁で語る蜂子皇子の奇怪な運命に、のり子は耳を傾け胸をつまらせた。その豊かな感性や想像力に、早くも文学の芽生えが感じられる。
子どもたちには楽しい夏休みだった。近隣から集まったいとこたちは男組と女組に分かれて、ひぐらしが涼しげに鳴く夕方まで屋敷内で遊び回った。子どもたちが無邪気に駆け回っている一方で、祖母光代を中心に、大人たちは声を潜めて相談していた。元気そうに見えていた勝だったが結核を患っている。これからどうしたらいいものか。

医師である宮崎は妻の病状を把握していたはずだ。一方でふるさとを恋《こ》う勝の気持ちも知っている。彼は勝の気持ちを優先した。故郷のいい空気を吸って、子どもたちと存分に両親や親族と楽しんでおいでと考えたのかもしれない。

親子は三川町の大瀧家でひと夏をたっぷり楽しんだ。

夏の終わり、親子が吉良町へ帰る時、光代は勝の世話をする二人の少女を同行させた。一人は、私に勝と宮崎の出会いを語ってくれた山崎菊美（三川町横山出身、旧姓富樫）もう一人は鶴岡出身の高橋栄である。

勝親子三人と二人の少女は鶴岡駅で落ち合った。のり子と英一はそれぞれ身の回りの小物を入れた小さなバスケットを持っていた。英一は他に昆虫採集の籠をぶら下げていた。親子は二等車に乗り、二人の少女は三等車に乗った。三等車は出征兵士で溢れていた。この年の七月、日中戦争が始まっていた。

吉良町の家に帰って勝の療養生活が始まった。宮崎は子どもたちに感染しないよう細心の注意を払った。食器はすべて熱湯で煮沸し、衣類の洗濯も家族のものとは別にするように指示した。

勝の庄内弁はふるさとを後にした若い二人に安心と親しみを与えた。また、彼女たちが大っぴらに話す庄内弁は、勝をどんなに慰め安らぎを与えたか。二人の少女は心から勝の通院の付き添いや身の回りの世話をした。同郷の三人は主従の関係を超えて心を通わせた。

十二月に入っても、勝は比較的元気だった。ところが、別れは突然だった。菊美は勝

茨木の母、勝に同行して愛知県の吉良町に移り住んだ娘たち。のり子と英一を挟んで左が山崎菊美、右が高橋栄。吉良町の宮崎医院にて

写真提供／木村圭子

の臨終を次のように語った。

「ご家族が集まりました。お世話をしていた私も傍らに控えておりました。奥様は本当にしっかりしておいででした。いつも、のり子お嬢さんと英一坊ちゃんのことが気がかりで口にしていらっしゃいましたが、最期の時は先生の手を握って、二人のことを頼みますとおっしゃいました。すると、先生は『心配するな。自分も後から行くから、蓮の半座を空けて待っててくれ』とおっしゃいました。二人のお子さんは側にいて、ただ泣いていらっしゃいました。今もその時のことが忘れられません」

菊美は、また勝について「本当にやさしい方でした。苦しいこともあったと思いますが、一度も叱られたことがございません」と言っている。

宮崎勝はその年の十二月に亡くなった。享年三十二歳だった。

日中戦争が始まっていたが、十一歳ののり子に戦争についての記憶はなく「私にとって手ひどい思いは、防空演習もひんぴんと行われるようになった翌年、結核で母を失ったことだった」（「はたちが敗戦」『茨木のり子　花神ブックス1』）と述べている。

ところで、ここに二枚の写真がある。
一枚は「一九三七（昭和十二）年　山形県鶴岡市にて」とあるので、のり子小学校五年生の夏、大瀧家での写真である。少女は母に身を寄せて甘えている。柔らかな満ち足りた表情をしている。母はまっすぐ前を見ているが少女の体の重さとぬくもりを体で受け止めている。病に冒されている母は、こころなしか哀しみを湛えているような表情に見える。

一九三七年
山形県鶴岡市にて
写真提供／宮崎治

もう一枚は勝の死の翌年、家族三人で撮った写真だ。説明には「一九三八（昭和十三）年、六月十二日誕生記念に、父と弟・英一と」とある。母の姿はすでにない。父は端正な顔立ちである。弟は父に倚りかかって甘えている。少女は、父から少し身を離して一人で姿勢正しく立っている。家族と一緒なのに〝独り〟を感じる。

一九三八年
愛知県吉良町にて
写真提供／宮崎治

二枚の写真を比べてみるとその違いに驚かされる。小学校五年から六年にかけて女の子の一般的な成長というだけでは説明できないものがある。二枚目の写真は、顔に寂しさをたたえながらも、母のいない人生を歩むことになる無意識の覚悟のようなものが感じられる。茨木のり子の一生を思う時、「倚りかからず」の姿勢はこの頃からすでに芽生えていたのではないだろうか。

勝が亡くなってからの話であるが、山崎菊美は宮崎洪に次のように勧められた。

「聞けば、両親ともすでにないという君を、いまさら国に帰すわけにはいかない。これからは、女でも自分で働いて生きていかなければならない。お金などはあってもいつかは無くなるものだから、何か資格を取るか、手に技を付けたほうがいい」

そして電話交換手とか、和裁で身を立てるなどの例を挙げたという。菊美は看護師になりたいと言うと、京都の府立病院の看護学校へ行かせてくれた。そこで看護師と助産婦の資格を取って、一九四三(昭和十八)年に宮崎医院に帰った。一九四五年九月、宮崎夫妻(のり子の第二の母)が親代わりとなって結婚した。敗戦直後だったため、華やかなことはいっさいなく、夫は国民服を着ての結婚式だった。

菊美はこんな話もした。

「(宮崎)先生は、亡くなられた奥様に約束されたとおり、お子さんたちをしっかりお育てになりました。先生がお子さんたちに語った言葉で、今でも忘れられないのは『お父さんは、医者というみんなのためになる仕事をしているので、先生と敬われたりもするが、お前たちは違うのだ。お前たちが偉いわけではない。そこを勘違いするな』とおっしゃったことです」

茨木のり子の人に対する謙虚な態度は、そのような父の教えから生まれてくるものなのだろう。

宮崎のり子のこと

――青春時代

戦争に向かって人々の生活はいっそう厳しくなり、一九四一（昭和十六）年には太平洋戦争が始まった。翌年、父の宮崎は、町長はじめ町の有力者に懇願されて、吉良町吉田（現愛知県西尾市）に宮崎医院を開業する。茨木は一九四三年三月に西尾高等女学校を卒業し、父の勧めで、四月に帝国女子医学・薬学・理学専門学校に入学。東京で学生生活を始めるが、戦争という時代的な暗さと、薬学の勉強についていけず「〈落ちこぼれ〉的心情に陥って」自分自身に対する絶望から、自殺を考えるほど苦しむ（「はたちが敗戦」）。

一九四五（昭和二十）年八月十五日、敗戦。

写真提供／宮崎治

ほとんどの日本人は敗戦を予想もしていなかった。のり子は国家に裏切られた悔しさと聖戦を信じて軍国少女として生きた自分への悔恨に苦悩する。自分の本当に欲する生き方は何なのかを探りつつ、いち早く復興した新劇を「この世にこんなすばらしいものがあったのか？　と全身を打ちのめされるような」感動で観た（「はたちが敗戦」）。

茨木が二十歳になった一九四六年、読売新聞主催の第一回「戯曲」募集に応募する。突き動かされるようにして書き上げた戯曲が選外佳作に選ばれ、薬学の道から文学の道へ進むことを決意する。娘が資格を取って自立の道を歩むことを望んでいた父は、一抹の不安はあったが黙認する形となった。

こうして自分の道が見え始めた一九四七（昭和二十二）年の夏、のり子は三川町東沼の大瀧家に来ていた。祖母の光代は早く母を亡くしたのり子を慈しみ、美しく成長した孫娘に縁談を勧めようとしていた。

その縁談を思いついたのは、光代と矢馳の木村栄（光代の三女）だ。婿候補はホテル萬国屋の十八代儀左衛門の従兄、三浦安信である。安信は儀左衛門より六歳年上であるが、二人は子どもの頃からまるで兄弟のように仲が良く、海で泳いだり、成人してからは一緒にレコードを聞いたりして往き来していた。具体的に見合いがどのように運ばれたのかは不明だが、とにかく血のつながりの濃い人々の善意、温かな思いに包まれて医師三浦安信と宮崎のり子の縁談は進められた。

ところで、茨木のり子が大瀧家に滞在している時、のり子は昭和天皇の庄内巡幸に遭った。『茨木のり子集　言の葉2』（筑摩書房）のエッセー「いちど視たもの」に「敗戦直後のことだが、天皇の全国巡幸ということがあって、たまたま山形県の祖母の家に出かけていた私は、祖母のお伴で庄内平野のあぜ道に並んで、生まれて初めて天皇を間近に視た」とある。天皇の庄内巡幸は一九四七（昭和二十二）年八月十五日であった。

天皇はその夜、あつみ温泉橘屋（現たちばなや）に宿泊し、後日、夕食の献立などが新聞で紹介された。すると祖母はそれを見て「あいや、こげなもの進ぜたがや（あら、こんなものを供したのですね）」と言い、女たちの話題が献立に集中していった。

茨木は「昭和二十二年頃としては豪華なメニューだった」と書いている。

それから五十余年経った二〇〇九（平成二十一）年、その時のメニューが再現された。

「昭和天皇が味わった酒井家のおもてなし」と題して『敬天愛人』（荘内日報社二〇〇九・五）に載った。再現したのは鶴岡魚市場の手塚商店社長手塚太一と日本料理店「暫忻亭」の木曽眞である。メニューは次の十二品目ですべてカラー写真で紹介された。

御座付…枝豆塩茹《えだまめしおゆで》
御　椀…若鳥《わかどり》、椎茸《しいたけ》、筍 葱《たけのこねぎ》、荘内麩《しょうないふ》
作り身…養老《ようろう》海老《えび》湯洗《ゆあらい》舟盛《ふなもり》、線紫蘇《せんしそ》、茗荷《みょうが》、山葵《わさび》土佐醤油《とさしょうゆ》
口　取…小鯛《こだい》ボタン百金木《ひゃっきんこ》の葉玉子《はたまご》
鉢　肴…甘鯛肉《あまだいにく》けんちん焼《やき》、含《ふく》め栗《くり》、日《ひ》の出正賀《でしょうが》
煮　物…鯛《たい》オランダ煮《に》、なめ子《こ》　芽《め》の子《こ》
中　皿…アワビ福羅煮《ふくらに》、茄子《なす》
丼…胡麻豆腐《ごまどうふ》、餡正賀《あんしょうが》
酢の物…契《ちぎ》り海老《えび》、外野菜《ほかやさい》、胡桃美合《くるみあ》へ
香の物…民田茄子《みんでんなす》一夜漬《いちやづけ》、黄金漬《こがねづけ》、瓜味噌漬《うりみそづけ》

御飯
水菓子　…水瓜《すいか》、水蜜桃《すいみつとう》

庄内は海、山、平野の自然に恵まれた土地だ。地元の豊富な食材が手に入る。メニューを見るとほとんどが地元のものだが、これだけそろえるのは大変なことだったろう。敗戦直後の食糧難、物資のなかった時代を考えれば、私も茨木と同じ思いを持った。

――見合い、そして結婚

一九四七年の夏。三川町、鶴岡、温海と庄内を舞台にして、のり子の本当の青春が始まろうとしていた。光代はのり子に見合い写真を撮らせた。撮ったのは、鶴岡公園の大寶館向かいにあった鈴木写真館である。この辺り一帯は鶴岡市の中心地で、柳の姿を映した堀を巡らし、春には爛漫の桜が咲く。

私が鶴岡に来た一九六四（昭和三十九）年頃はまだ今ほど車の数も多くなく、夏には堀の牛蛙が腹に響くような太い声で鳴いた。堀端の道路に沿って鶴岡の銘菓きつね面などの菓子を売る音羽屋、鈴木写真館、大川養鶏所・鳥肉店、何軒かの民家、自転車屋などが並んでいた。鈴木写真館は戦前から大瀧家や矢馳の木村家の写真を撮ってきた老舗写真館である。今、このあたりは道路拡張と区画整備のためすべて移転し、同館は鶴岡市苗津町に移った。

のり子の見合い写真は安信の手に渡った。次のようなエピソードがある。

一九四九（昭和二十四）年三月。仲の良い三人の青年が一晩語り明かそうと山形県上山温泉の村尾旅館に泊まった。この旅館は、昭和天皇や文人墨客が多く宿泊した老舗旅館である。現在はリニューアルされ「ニュー村尾浪漫館」と名を改めたが、当時の面影を残す建物も残されている。

三人のうちの一人は岩崎勝海である。前述したが、彼が書いた「三浦安信／のり子夫妻」によって、私は茨木のり子の庄内への扉を開けることができた。岩崎は一九四七年に早稲田大学を卒業し、山形県知事室調査課に勤務していた。その後、一九四九年より岩波書店に勤務し、後に岩波新書の編集部に入社した。一九二五（大正十四）年三月生まれであるから、この時二十五歳だった。

もう一人は、岩崎の同学年の友人の本間新哉である。彼は早稲田大学政治学科の大学院を卒業し、山形県鶴岡市湯温海のあつみ温泉ホテル萬国屋の跡を継ぎ十八代本間儀左衛門と改名して社長となった。

三人目は、本間新哉の従兄の三浦安信である。彼は一九一八（大正七）年鶴岡市生まれでこの時三十一歳。一九四五年に大阪帝国大学医学部を卒業し、翌年から新潟大学医学部の助手をしながら博士論文を書いていた。岩崎とは本間新哉を介して知り合った。

仲の良い三人は一晩飲み明かそうと集まった。後に岩崎は茨木のり子夫妻と公私ともに親しくなるのだが、この時のことを次のように書いている。

「私がのり子さんの存在を知ったのは、一枚の写真によってであった。しかもそれは、どこかの写真館で撮ったいわゆる〝お見合い写真〟で、表紙のついた板紙に貼られたものであった」。岩崎は「どうですか」と安信に尋ねられ返答に窮したが、「ああ、この人が安信さんのお嫁さんになる方か」と思った。

岩崎の予想どおり、二人はその年の秋、結婚した。

結婚式は安信の生家である元曲師町《もとまげしまち》（現本町三丁目）の三浦家で行なわれた。披露宴は同町内の老舗料亭「新茶屋」だった。創業安永年間（一七七二〜一七八〇年）頃と言われ、現在の本館は明治三十九年に建てられた純和風の建築である。一三五畳敷きの大広間からパノラマ式に展望される庭園、その中心に深く根を下ろした老松のたたずまいは時の流れを止めてしまう静かな風格がある。

招待客の多くは庄内の縁戚の人々であったが、遠く吉良町から父や義母、弟も列席し、一同の温かなまなざしに包まれて、宮崎のり子は三浦のり子となった。

——花嫁衣裳エピソード

ところで、茨木のり子の見合い用の着物と花嫁衣裳には次のようなエピソードがある。

二〇〇九（平成二十一）年の秋、私は鶴岡市本町にある石黒矯正歯科医院・石黒慶一理事長の母、常を訪ねた。常はのり子の従姉で、母の姉繁の娘である。繁は鶴岡市平田の地主、五十嵐弥一郎に嫁いだ。

茶の間で、茨木のり子や親戚の人々が写っているアルバムを見せてもらった。正月やお盆の折り、また勝親子が愛知からやって来た時の記念写真など、セピア色の写真が並んでいた。写真の背景や部屋の調度品が美しい。着ている着物や衣服からも戦前の地主階級の生活文化が想像される。

常は、一枚の写真を指さした。茨木のり子の美しい着物姿の写真である。

「これは、のりちゃんの見合い用の写真ですが、この着物とそれから花嫁衣裳は、実は私のものなんです」

茨木のり子のゆかりの人々の話は時折私を驚かせるが、この時もびっくり仰天だった。それらの写真を前に、常は次のような話をした。

私は、一九四〇（昭和十五）年に石黒慶之助と結婚しました。

その前の年、沼のばばさまは私の母の五十嵐繁と私を連れて、結婚衣裳を調達するために上京しました。一日がかりの大旅行でした。東京に着いて、あまりの賑やかさにビックリしました。鶴岡ではほとんど見たことのない洋装姿の女の人がたくさんいました。行く先は、日本橋の三越本店。そこで、花嫁衣裳を決めるのに時間がかかりました。お店の人がいろいろな反物を持って来て広げます。母やばばさまはなんだかんだと言います。お店の人は反物を広げたり巻いたり大忙し。私も言われるままに何枚も体に当ててみたりしました。足の踏み場もないほど反物が広げられました。婚礼衣裳として選んだのは、白地に扇面、そして四季の花々が金糸銀糸で縫い取りした豪華な振袖でした。本当に立派でした。それから訪問着です。春、夏、秋の季節に合わせて反物三反選びました。その着物に合わせて龍村の帯を一本と他に二本揃えました。祖母が気に入ったということで、黒の留袖を別に求めました。その裾には時勢柄、君が代が刺繍された色紙が散りばめられていました。他に小紋の袷や、単衣の着物が数枚、羽織も何枚かありました。その間、一週間ほど旅館に泊まって三越通いをしました。

それらの着物が仕立てられ、丁寧にたとう紙に包まれて荷造りされ、五十嵐弥一郎家に届いた時は、ちょっとした呉服屋の店先の華やぎだったのではないだろうか。

一九三七（昭和十二）年に日中戦争が始まり、男たちは戦地に送られた時代である。戦争は長期化の様相を帯び、生活物資の不足は次第に深刻になっていった。米、味噌、醤油も手に入りにくくなっていく。一九三九（昭和十四）年には次第に電力も不足し「パーマネント禁止令」が布かれた。人の心から華美を排除することを狙ったものである。パーマをかけている女性は、子どもから石を投げられるというようなことも起きている。一方、軍需景気で贅沢なものを求める人たちもいた。この時代でも三越のような老舗デパートには、金糸銀糸で縫い取りをした贅沢な着物があったわけである。

ところが、一九四〇（昭和十五）年七月七日より「奢侈品等製造販売制限規則」が施行され、高価な紬や金糸銀糸を使った贅沢品を製造したり販売したり、もちろん着ることもできなくなってしまった。東京の町には「贅沢は敵」というポスターが貼られ、国防婦人会が街角に立って見張った。

「後で考えると、昭和十四年だったから買えたのかもしれません」と常は言った。

話は戻り、ばばさまはのり子の見合いのための写真を撮らせる時、孫の常に言った。

「あなだの着物、のりちゃんさ、貸さへ（貸しなさい）」

ばばさまが常の花嫁衣裳の中から選んだのは秋の訪問着で、黒の綸子に大胆に松葉の模様の絞りをあしらったものだった。帯はそれに合わせて買った龍村である。一九四七年、のり子二十一歳、美しい見合い写真ができた。本番の時にもこの着物を着た。一九四九（昭和二十四）年の秋、二人は親戚一同から祝福されて鶴岡で式を挙げた。この時の花嫁衣裳も、常の振袖と帯だった。


常の花嫁衣裳は、従妹ののり子が着、常の娘そして孫へと受け継がれていった。常は、母とばばさまが選んだたくさんの着物が散逸してしまわないうちにと、それらをカラー写真にしてアルバムに収めた。私が見せてもらったのは、そのとりどりの美しい着物が収められたアルバムだった。

1

3

茨木のり子の見合い写真（右）と婚礼写真。着物は鶴岡の石黒家に受け継がれている。

2

4

写真提供／1・2は宮崎治、3・4は石黒常

夫、三浦安信のこと

——文武両道の鶴岡中学時代

三浦安信は一九一八（大正七）年八月二十八日、三浦平次郎とよしみの七人兄弟姉妹の三男として生まれた。父は鶴岡市元曲師町（現本町三丁目）に三浦産婦人科を開業し、後に長男光彦が跡を継いだ。その後、光彦の長男宏平が朝暘町に三浦産婦人科医院を開業した。

鶴岡中学校時代は水泳部で活躍した。『荘内中学会報』第四十一号（昭和十一年三月五日発行）、部活動紹介欄の水泳部のところに三浦安信の名前がしばしば出てくる。

「鶴中水泳部創立二十周年記念第三回縣下中等學校水上競技大會　▽三百メドレーリレートップ三浦よく頑張って寒中（寒河江中）國井（董）と接戦を演じ、ブレスト田林に継ぐ。（略）　▽百米自由形　一二着三浦安信（鶴中）、三着佐々木（鶴工）。三浦力泳し安孫子に迫ったが、惜しくもタッチで敗れる。（略）▽百米背泳　一着三浦安信（鶴中）一分二八秒五、二着中村（寒中）。三浦最後のレースに奮闘し、よく敵を離して堂々ゴールイン。正に大会中の白眉であった」

昭和十一年は日中戦争が始まる前年である。戦争に行くことを当然として育てられた若者たちは、どのような思いで青春を生きていたのだろうか。

ついでだが同誌、第三十四号創立四十周年記念号（昭和四年二月十五日発行）に、第三十六回卒業生として、大瀧光次（東田川郡東郷村）の名があった。光次は茨木の母の弟で、後に「私の叔父さん」という詩のモデルとなった人物だ。彼もこの学び舎で青春を過ごしていたということを実感して感慨深かった。

現県立鶴岡南高校は文武両道を校是としているが、それは創立以来のもので、三浦安信もスポーツに励み学問にいそしみ、詩集『歳月』の「四面楚歌」という詩にあるように、漢詩に心震わせる少年であった。

鶴岡中学校を卒業して四月、安信は旧制山形高等学校理科乙類入学。一九四五（昭和二十）年三月、大阪帝国大学医学部卒業。新潟医大の助手となる。その八月に敗戦となった。

一九九三（平成五）年、茨木のり子の義姉である三浦和枝を初めて訪ねた時の言葉が浮かんでくる。「安信さんはですの、大阪の大学の医学部を卒業しまして、その後はですの、新潟大学の助手をしながら論文を書いていました。夫が新潟医大にいたものですから、安信さんは私どもと一緒に住んでいました」和枝の話は続く。「安信さんと何年か一緒に暮らしてですの、一度も嫌な思いをしたことがありません。それどころか、夫が仕事に出かけた後、赤ん坊に風呂を使わせるお湯を毎日汲んでもらいました。そういうことを嫌がらずにしてくれるやさしい人でしたもの」

戦局も押し迫った一九四四（昭和十九）年、光彦は軍医として召集された。和枝は鶴岡に帰ることになったが、安信は慌ただしく発った兄の仕事の後片づけや引越しのことなど、乳児を抱えた和枝を助けてまめまめしく働いた。若き医者の卵は人へのやさしさを無言で行動する男性だった。

——戦後を共有した同志

敗戦後の日本は、国際連合、アメリカの占領下に置かれた。アメリカは、最初は日本に軍事力を持たせず、また国内の民主化を進める方針をとった。一九四七（昭和二十二）年五月三日、日本国憲法が施行された。一九四九（昭和二十四）年に中華人民共和国が成立し、一九四八（昭和二十三）年に朝鮮民主主義人民共和国が成立すると、アメリカは占領政策を転換して日本を極東戦略の要と位置付けた。一九五一（昭和二十六）年、日本は四十八カ国とサンフランシスコ平和条約を結んだが、同時に日米安全保障条約に調印した。日本社会はアメリカの政策のもとにめまぐるしく変わった。

一九四九年秋、安信とのり子の挙式。安信は東京都東村山にある結核予防会「保生園」（現公益財団法人結核予防会）に医師として勤務し、所沢市に新居を構えた。当時のことを、茨木は次のように書いている。

「昭和二十四年に結婚しているが、夫は勤務医で、彼もまた医学の新しい在りかたを求めて意欲的だった。米も煙草もまだ配給で、うどんばかりの夕食を取りながら、エドガー・スノウの『中国の赤い星』を一緒に読みあったのはなつかしい思い出である」（「はたちが敗戦」）

『中国の赤い星』（エドガー・スノウ著、松岡洋子翻訳　筑摩書房）とは、アメリカの新聞記者エドガー・スノウが中国共産党の拠点に入って毛沢東と会見するなど密着取材して、共産党の姿を好意的に書いた本だ。一九三七（昭和十二）年に刊行され、一九五二（昭和二十七）年に日本で出版されると大きな話題となった。新しい日本、新しい男女の在り方、新しい家庭。三浦夫妻は一緒に本を読みながら語り合った。妻は自分の確固たる世界を内に持つ詩人の道を歩み始め、夫は医師として「医学の新しい在りかた」を追究していた。希望にあふれたつつましくも幸せな門出であった。

茨木は結婚した翌年から詩を書き「詩学」に投稿する。本名では恥ずかしかったのでペンネームを付けようと思った。つけっぱなしのラジオから謡曲（後に歌舞伎の長唄と知る）の「茨木」が流れてきて、とっさに茨木のり子という名にしたと『「櫂」小史』（『茨木のり子集　言の葉1』）にある。安信は物書きの道を歩み始めた妻を理解し、「むしろのびのびと育てようとしてくれた」（「はたちが敗戦」）。安信は妻の人格を尊重し、その生き方を支援した。一般的に夫に対する妻の評価は厳しくなりがちだが、茨木は夫への率直な賛辞を惜しまない。

次は二〇一四（平成二十六）年に世田谷文学館で開催された「茨木のり子展」の図録からの転用である。

「一九五六年一月二十日　原稿書き直しに際して親身に忠告や批評を述べてくれるY（注・安信）のことを、茨木は得難い夫と感謝している。また、アルバイトの朝日新聞のブックレビューに追われる妻に『書評屋になってしまっては駄目ダゾと』注意をし（一九五七年二月七日）、家計のための内職を相談した際には、『もっと真剣に勉強して自分の道を開拓しろ、よそごとに精力を費やすな』とYに反対され、正論は痛いが、ありがたく感じたとある。（一九六二年八月三十一日）」

この中で私が特に心打たれたのは一九六二年八月の日記である。安信は自分の世界を持つ妻を心から応援し、励ましている。戦後間もない頃で生活は苦しかった。のり子は収入を得る仕事を持たない。それどころか金にならない詩を書いて自由に暮らしていることが心苦しく、「家計のための内職」を相談したのだろう。それに対する安信の答えは潔い。「自分の道を開拓しろ。よそごとに精力を費やすな」。これは安信が妻を一人の人間として考え、詩を書く仕事を高く評価している言葉である。

若い頃の三浦安信について、友人である岩波書店の岩崎勝海は既出の「三浦安信／のり子夫妻」に書いている。それによると、安信は快活に話し、碁を打ち、酒を飲み、酔うと放歌高吟し、また人の話によく耳を傾けてくれる人であった。「眉目秀麗。端正な庄内藩士とでも形容すればぴったり。セルの着物がよく似合」う人であったという。

茨木は後に五十七歳で亡くなった夫を「戦後を共有した一番親しい同志」だったと述べている。「同志」とは、こころざしや主義・主張を同じくする人のことだ。「同志」という言葉の中に、愛情と信頼で固く結ばれていた一組の男女の姿が浮かび上がってくる。

――紬のような東北訛《なまり》

三浦夫妻は結婚してから何年間かは、年に一〜二度、のり子の生家である吉良町の宮崎医院に帰った。のり子の弟の英一には二人の息子、仁と治がいる。夫妻は、甥たちをかわいがった。次男の治が後に語ったところによると、夫妻は兄弟に何かしらおみやげを持って来てくれるうれしい人たちだった。伯父安信は快活なスポーツマンというよりはやさしく穏やかな人で、落ち着いた雰囲気が伯母と合っていたという。子どもの眼に映った二人に共通する「落ち着いた雰囲気」とは、互いを深く結んでいる「愛されている自信と安らかさ」（「殺し文句」『歳月』）である。

一九五八（昭和三十三）年、借家住まいから解放されて、西東京市（旧保谷市東伏見）に家を建てた。新しい環境でそれぞれの仕事に打ち込んでいた一九六一（昭和三十六）年に、安信は思いがけず、くも膜下出血で入院した。それから何年かの闘病生活を経て職場に復帰したが、その病がきっかけでうつ病の傾向が出てきた。口数が少なくなり時々落ち込んだ。岩崎勝海はその頃の安信の印象について、「久しぶりにお訪ねした時、病の後の、以前とは見違えるほど暗く、そして一段ともの静かになられた安信先輩と遭遇した」（「三浦安信／のり子夫妻」）と書いている。

次は夫の病から二年後の詩である。

訛

無口なひと
しゃべることのきらいなひと
電話はアレルギーを起すほど
訛があらわに伝わるのがいやなのですね
でも
す と し がごっちゃになったって
それがどうしたというのでしょう
わたしがあなたに惹かれたのは
紬のようなその東北訛のせいですのに

困らせるとは知りながら
またダイヤルを廻してしまう

するともうこれ以上短くはならないような
ぶっきらぼうな返事が
あ、や、いや、そう、ンです、じゃ……
あなたの言葉のニュアンスに
幼い日　逝ってしまった母の
奥の細道ことばが　やさしくだぶってくるようです

「訛」（『茨木のり子全詩集』所収
「『スクラップブック』から」花神社）

この詩は一九六三（昭和三十八）年、茨木のり子三十七歳の時の詩である。夫が無口なのは訛を気にしているからと、サラリと明るくうたっている。電話を受けた安信の返事は庄内弁そのままで、電話の向こうの安信の困惑した顔が浮かぶ。また、夫が困ると知りながら電話をかける茨木のちゃめっ気ぶりがかわいい。言葉をとろりと体で味わいながら、母を慕い、夫を愛する心やさしい詩だ。

重い病気に倒れた夫を看る日々、そして退院後のうつ傾向にある夫との暮らしはどんなに苦しかっただろう。しかし、茨木の詩はそんなことを感じさせない。明るく楽しくユーモラスであるが、結びの三行は読む者をしゅんとさせる。

方言についてだが、私は山形県の内陸地方の言語文化圏いわゆる「ズーズー弁」で育った。「ンダズー」「ンダベー」の世界である。庄内地方の「んだのぅ」「そうのぅ」の言語圏とは、言葉もアクセントも全く違う。日常会話は気にしてもしょうがないが、朗読や読み聞かせなどの時は困る。声に出して本を読んでいたりすると夫に注意されたり、孫にまで「おばあちゃん、それはこうだよ」などと言われる。庄内の人は自分たちの言葉は共通語に近いと言っているが、庄内弁だって、茨木のり子がこの詩で指摘しているように「す　と　し　がごっちゃに」なるのは確かだ。夫は従姉の名前を言う時、よく考えてから口にするようなのだが、しずこさんが、すじこさんになる。

ところでこの詩で、「わたしがあなたに惹かれたのは／紬のようなその東北訛のせい」とあるが、「あなた」に最初に惹かれたのは見合いの席だったに違いない。安信の大人の雰囲気（安信三十歳。茨木二十二歳）、笑顔のやさしさ、知的な眼差し、男前などすべてに好感を持ったと思われるが、特に心を震わせたのは安信の訛である。言葉に敏感な茨木は、静かに語る安信の庄内弁に安信のすべてを感じ、受け入れた。なつかしさと安心感、甘えを許してくれる「母の陸奥《みちのく》ことば」である。

それから二十五年の歳月を共にした。安信は外では控えた庄内弁を、妻の前では隠さなかった。東北訛で妻を笑わせ、励まし、温かく包み込んだ。

東北弁には厳しい風雪に耐えて生き延びてきた寂しさや哀しみが内包し、厳冬の暮らしを楽しみ慰める民話のぬくもりやユーモアがある。また陸奥、東北は古代から中央に征伐され、支配され続けてきた地方である。権力を振りかざし、弱い地方を圧制してきた中央への鋭い怒りの心もどこかに滲んでいる。方言はその土地の人々の心を引きつけ、無条件で人々の心をつなぐ。父祖から伝えられた東北訛を色濃く宿した人物、それが茨木の愛した夫、安信であった。

一九五八年五月
愛知県吉良町の吉田海岸にて

写真提供／宮崎治

四章　庄内をうたう

誰もが子どもの頃に出会った忘れがたい人や言葉、出来事や場面などを持っている。そしてやがて大人になった時、あれは何だったのだろうと考えて思いがけない人生の真実を発見し、胸打たれることがある。

茨木のり子が庄内の人たちから発見した人生の真実とは何だったのだろうか。いくつかの詩を探ってみる。

#「母の家」

――母の里は雪国

梅雨が明けると、半円球に広がる青空に白い夏雲が悠々と姿を現わす。緑の庄内平野を、稲葉が風に追われて波になる。

宮崎のり子は子どもの頃（一九三〇年頃～一九三七年頃）、夏休みになると母の生家、山形県三川町東沼の大瀧三郎右衛門家を訪れた。三川町は庄内平野のほぼ中央にあり、東沼までは鶴岡駅から約八キロの道のりである。

愛知県西尾市から三川町への旅は遠かった。煙を上げて走っては停まり、停まっては走る蒸気機関車でまる二日かかった。

行程は西尾市から名古屋へ出て、東海道線に乗り換える。右手にきらきら光る太平洋を眺め、左手に富士山を追いかけたり追い越したりしながら一路東京へ。一泊して朝早く上越線で新潟へ向かう。途中、群馬と新潟の県境にある長い清水トンネルを通る。ここは、川端康成の『雪国』の有名な書き出し「国境の長いトンネルを抜けると雪国であった」のトンネルである。山あいを抜けて越後平野をひた走り、新潟駅に着く。そこで羽越線に乗り換える。村上駅を過ぎると、汽車は深い藍色をたたえた日本海沿いを走る。起伏に富んだ景観が美しい。子どもは窓を開けて外の景色を眺めるのが好きだ。ところが短いトンネルが幾つもあって海はすぐ隠れる。汽車はトンネルにさしかかる前に、窓を閉めろという合図のポーという汽笛を鳴らす。うっかり窓を閉め忘れると、煙と石炭の粉塵と、石炭の燃える匂いが車内に流れ込む。粉塵が目に入ったりすることもある。

二日目の夜、疲れ果てて鶴岡に着く頃には顔も手も煤で黒くなっていた。

毎年のことながら、医者の家に育ったのり子にとって、母の家は新鮮だった。

一面緑の庄内平野、大地主の人を圧するような茅葺屋根の家と広い敷地、農耕馬と一つ屋根の下に暮らす農家の生活。祖父母や叔父家族は、食事時になるとそれぞれが戸棚から箱膳を出して座り、黙々とご飯を食べる。黙って食べるのが作法であった。他に住み込みのわかぜ（農家の作男など下働きをする男の年季奉公人）、めらし（女の奉公人、下働きの女）も大勢いた。日中は農作業をする小作人たちも出入りする大農家の総てが珍しかった。

のり子は明るく温暖な愛知県の三河地方に育った。知多半島と渥美半島に抱かれた三河湾は風のない日はまるで光る湖のようである。そのような町で育ったのり子は母や祖母が語る庄内の冬に興味を持った。地吹雪の恐ろしさ、手ぬぐいもバリバリに凍ってしまう寒さ、雪女や鶴の恩返しなどの哀れな昔話に胸を詰まらせた。

夏の夜、蚊帳の中で母と弟と一緒に枕を並べて寝た。母はうちわをパタパタ動かしながら語った。「冬はの、みのきて　小学校さ　かよったぁんよ。地吹雪のときはの、友だちと　腰ば　なわで結んで　吹きとばされねようして　学校さ　行ったもんだ」

電気を消せば、漆黒の闇と静寂の世界である。のり子は寝付くまでのしばらくの間、吹雪の中を難儀しながら学校へ通う子どもだった母を想像した。

後に次のような詩になった。

母の稚い日

近所の子供達と互いの軀を縄で結び
干柿のように　吹雪にさからい
分教場へ通った道は
どのあたりなのだろう

「寒雀」より一部抜粋
（『現代詩文庫20　茨木のり子詩集』思潮社）

また、祖母はこんな話をしたかもしれない。

「母さんはの、こっから二里もある鶴岡の女学校さ、わらじはいで、通ったぁんよ。まんず、がんばりやの　かしこい子だっけ」

茨木は子どもの頃、母の里でたくさんの夏の日々を過ごしたが、何十年も経って作ったのは、雪国の詩である。雪の中に浮かんでくる母の家や、祖母の雪の夜の思い出、そして雪国の子どもたちの姿などだった。

茨木のり子には、遠い昔、厳しい冬に耐え生き延びてきた父祖たちの血が流れている。彼女は無意識のうちに雪国の美しさに惹かれ、降るひとひらの雪の孤独にわが身を重ね、雪国への思いを募らせたのかもしれない。

――「静かで聖なる時間」

次は雪国の「母の家」をうたった詩である。

一九七一(昭和四十六)年二月二日の新潟日報に掲載された。四十四歳の時の作品だ。

母の家

雪ふれば憶う
母の家
たる木　むな木　堂々と

雪に耐えぬいてきた古い家
ひとびと行儀よく箱膳に正座し
黙々と　めしをはむ
いろりの向う一つ屋根の下に
馬もうまげに　まぐさはむ
うからやから
七時には眠りにつき　四時には起きいだす
たのしみはすくなかったが
静かで聖なる時間の持続があった
母はみの着て小学校へ通った
母はわらじをはいて二里の道を女学校へ通った
それがたった一つ前の世代であったとは！
ふぶけば　憶う　ほのあかりのごとく
母を生んだ古い家　かつての暮しのひだひだを

わたくしのあらたに獲《え》しものは何々ぞ
わたくしのあらたに失いしものは何々ぞ

「母の家」（『茨木のり子　花神ブックス1』）

茨木がこの詩を発表した一九七一年は、池田勇人内閣が打ち出した「所得倍増計画」が十年目を迎え、高度経済成長がさらに発展した時代だ。国民の生活は飛躍的に豊かになり、テレビ、洗濯機、冷蔵庫が家庭に入り、まもなくカー、クーラー、カラーテレビの「3C」時代となった。一九六四（昭和三十九）年の東京オリンピック、一九七〇（昭和四十五）年の日本万国博覧会と、日本は内外に経済の豊かさを誇る国となり、使えるものもどんどん捨て、金を出せばなんでも手に入る時代となった。

そんな時代に茨木は、敢えて大正中期の都会から遠く離れた山形県庄内地方の農家を詩の舞台にした。日の出、日の入りを暮らしのリズムとして寝起きし、一日中働き、家族そろって食事をし、便利なものは何もない質素な暮らし。この詩が生まれた時は大量生産大量消費の時代だが、この詩の人びとはまるで反対の暮らしをしている。

茨木は子どもの頃、母の家の人々が、日の出や日の入り、星やそよぐ風などで季節や時間を感じながら、ゆったり生きていることを好ましく思った。自然と共に生きる彼らに感じたその心地よさは、たぶん、本人自身も気づかなかった農耕民族の血が、自らの中に流れていることに起因する共感だったのかもしれない。

茨木は自然を好み、人工を厭う。質素、簡素を良しとし、驕り、贅沢を嫌う。「部屋」という詩で「今までに見た／一番美しい部屋／不必要なものは何ひとつない／或る国のクェーカー教徒の部屋／わがあこがれ／単純なくらし／単純なことば／単純な　生涯」

(『食卓に珈琲の匂い流れ』花神社）とうたったように。

唐突だが、原節子の出る白黒映画の登場人物たちの会話のスローなこと。東山千栄子や笠智衆の動きのなんと静かで悠々としていることか。小津安二郎監督の「東京物語」である。これは一九五三（昭和二十八）年の作品で、少し昔の日本人の暮らしの穏やかさ、美しさが描かれている。私には映画全体から本来の日本人の生活にあった「静かで聖なる時間の持続」が漂ってくるように感じられた。映画は、資本主義社会が発展して気ぜわしくなりつつある現代への警鐘にも感じられた。

その映画の時代から二十年ほど経った頃、私は上京する度に日本人のせかせかぶりに驚かされた。電車から人間の塊が吐き出される。それが一定の方向に向かってすごい速度で動いていく。必死になって流れに乗るか、流れから外れるか、外れると後ろの人が何人かぶつかってくる。上京する私にはまだ昔の日本人の体内リズムが残っていることを感じつつ、日本の首都で暮らす人間のリズムがこの国の主たる生活リズムであることを思い、こうも忙しく息せき切って生きなければならない日本は、どうなってしまったのだと怒りすら湧いてくる。ぶつかられたから怒っているのではない。

かつて母の時代にはあった、そして自分が子どもの時に確かに体験した自然と共に在る日本人の暮らしを振り返って、茨木は問う。

今の時代に、私たちが「あらたに獲しもの」「あらたに失いしもの」は何なのだろうかと。

――「母の家」考

「母の家」は、短い詩ではあるが、複雑な光を放つ詩である。詩人は詩にコクを出すためにいろいろなスパイスを用いるが、この詩の隠し味は何なのだろう。そんなことが気になって純粋な鑑賞とは別の観点から考えてみた。

一、場面や構成

時代設定は、自分が母の生家で体験した昭和十年前後ではなく、母が子どもだった大正期としている。そして、詩は客席から舞台を見るように構成されている。「それがたった一つ前の時代であったとは！」を除いて、ほとんどが二行一場面で、しかも場面はカメラ目線で進行する。

例えば、「雪ふれば憶う／母の家」の二行が一つの場面。降る雪の中にたたずむ母の家が映像化される。モノクロの静かな雪の世界は寂しくもの悲しい音楽が流れて来るようだ。

次の「たる木　むな木　堂々と／雪に耐えぬいてきた古い家」では、場面は家の中へと移る。カメラはむき出しのたる木やむな木をアップで写す。江戸時代から続いてきた「古い家」の歴史の重さや風格が観る者（読む者）に迫ってくる。

さらに次の二行は、その「古い家」での家族の食事風景である。まるで儀式のようだ。暮らしの総てが家長を中心に「黙々と」が、この家の秩序である。

このように、読者はゆっくりと舞台の移り変わりを楽しみ味わう。茨木のり子の文学的出発は戯曲であったということがうなずける。

二、言葉選びの妙について

▽文語「はむ」「起きいだす」「ごとく」「獲しもの」「失いしもの」「何々ぞ」などの使用。

茨木は「散文」というエッセーで、子どもの頃は文語がまだ一般的で、学校や公文書、新聞などでも口語と混りあった状態だったため、自分の詩にも文語的な言い回しが紛れ込んでしまうと述べている。（「国語通信」『一本の茎の上に』）

だが、ここでは意識的に文語を遣って、「家」の時代的な古さや風格を感じさせることで、詩を引き締め、リズム感を出している。

▽消滅しかけている当時の日常語　「たる木」「むな木」「箱膳」「まぐさ」「うから（身内の人）」「やから（一族）」「みの」「わらじ」「二里」などの使用。

言葉は、詩の舞台となった大正時代の人と暮らしをくっきりとイメージさせる。生活の場で「物」が無くなれば言葉も失われていく。詩人には時代の美しい日本語を守り、伝えていくという役割もある。

またその他の修辞法として、脚韻、頭韻、対句、倒置法などを使って、全体に多様な光を放つ詩という印象を与えている。

この詩は茨木にとって掌中の珠のように大切な詩だった。なぜなら、そこは懐かしい母の生家であり、また自分のルーツをたどる家だったから。複雑な修辞技巧を使うことによって、追慕や郷愁、寂寥などの思いを超えた大正時代の農家の静かな輝きを映し出している。

「答」

――祖母と幸せ問答

茨木のり子の母方の祖母、大瀧光代は詩やエッセーにしばしば登場する女性である。光代は夏休みに遠くからやって来る娘の勝親子を歓待し、あちこち連れて行ったり、昔ばなしを語って聞かせたりした。

祖母は骨董などを好む趣味の人だった。そして常々朝鮮に行きたいと言っていたという。「もしかしたら祖母自身、その血の中にかなり色濃く渡来系を秘めていたのではないだろうか?」と述べ、「(自分が)隣国に惹きつけられてやまないのも、もしかしたら母かたの血のせい」かもしれないと書いている。(『ハングルへの旅』朝日新聞社)

祖母は早くに母を亡くしたのり子を可愛がり、また彼女も祖母を慕った。

祖母との問答を素材にした次のような詩がある。

答

ばばさま
ばばさま
今までで
ばばさまが一番幸せだったのは
いつだった?

十四歳の私は突然祖母に問いかけた
ひどくさびしそうに見えた日に

来しかたを振りかえり
ゆっくり思いをめぐらすと思いきや
祖母の答は間髪を入れずだった

「火鉢のまわりに子供たちを坐らせて
かきもちを焼いてやったとき」

ふぶく夕
雪女のあらわれそうな夜
ほのかなランプのもとに五、六人
膝をそろえ火鉢をかこんで坐っていた
その子らのなかに私の母もいたのだろう

ながくながく準備されてきたような
問われることを待っていたような
あまりにも具体的な
答の迅さに驚いて
あれから五十年

ひとびとはみな
掻き消すように居なくなり

私の胸のなかでだけ
ときおりさざめく
つつましい団欒
幻のかまくら

あの頃の祖母の年さえとっくに過ぎて
いましみじみと噛みしめる
たった一言のなかに籠められていた
かきもちのように薄い薄い塩味のものを

「答」(『食卓に珈琲の匂い流れ』花神社)

この詩は一九八七（昭和六十二）年、『櫂25』に発表された。

庄内の方言で、祖母の呼び方は地域や階層によって異なるが、ババ、ババサン、ババチャ、ババチャン、ババハンなどで、「ばばさま」という呼び方は一部限られた階層の敬称である。ちなみに、光代は親族から「沼のばばさま」と呼ばれ敬愛されていた。「沼」は地名の東沼に因る。

一九三七（昭和十二）年十二月に母が亡くなった。同年七月に日中戦争が始まった。翌年、国家総動員法が制定され、時代はいっそう厳しくなる。さらに翌年、祖母光代は吉良町の宮崎家を訪ねている。『増補　茨木のり子　花神ブックス1』の「自編年譜」によると、この年に第二の母のぶ子を迎えたので、そのための来訪だったと思われる。その折り光代は姉弟を名古屋へ遊びに連れて行き、記念写真を撮ったりして過ごした。のり子も英一も「ばばさま、ばばさま」と光代の滞在を喜んだ。

「答」は、その折に二人が交わした会話を素材にしたものか。新しい母が来るということは宮崎家にとって喜ばしいことである。小学三年と五年という二人の子どもがいることや、医院という仕事の忙しさを考えれば当然のことである。しかし、ばばさまとのり子の心は複雑で、少しばかりの寂しさもあった。

「答」は、心に寂しさを抱くのり子が、「ひどくさびしそうに見えた日」のばばさまに声をかけるというところから始まる。

光代の寂しさは深い。四人の娘はそれぞれそれなりの家に嫁がせた。ところが酒田の荒木家に嫁いだ長女の淑は昭和七年に、四女の勝は二人の子どもを遺して三十二歳で逝ってしまった。長男には後継ぎの男の子が生まれて家は賑やかになったが、次男は大学卒業後、結核に罹って自宅療養中、そして三男は出征している。

光代は意識していなかったかもしれない

一九三九年、祖母・大瀧光代とのり子、英一
名古屋にて

写真提供／宮崎治

が、それは戦争という時代からくる寂しさでもあった。どこの家庭も、夫や息子や兄や叔父など身内の男の誰かが召集され、戦場に送られている。帰ってこなかった家族の嘆きも世に充ちていた。

そのような時、孫に「幸せだったとき」を問われた。

ばばさまの答えの速さがのり子を驚かせた。

「火鉢のまわりに子供たちを坐らせて／かきもちを焼いてやったとき」

火鉢のまわりに集まった子どもたちの賑やかな声、かきもちの焼ける香ばしい香り、真っ赤に熾った炭火、子どもたちの誰かれに声をかけながら、餅をひっくり返す祖母の手、見入る子どもたちの目、ほのかなランプの光に耀く子どもたちの頬、そして後ろには漆黒の闇が広がっている。母も子も満ち足りた思いで豊かな時間を共有する。これが幸せでなくてなんだろう。これが祖母や母の子ども時代の幸せではなかったか。

ばばさまは、当時としては社会的にも物質的にも恵まれた立場にいた女性である。その人にしてなんとつつましく、ささやかな、そして平凡な答えだろう。でもだからこそばばさまの答えには東北の農村の女、雪国の女たちに共通する幸せな場面としての普遍性がある。

日本は経済大国となり、人間の価値観、幸福観も変わった。子どもたちの目はテレビやゲームに奪われ、スマホやタブレットに時間を費やす。また塾だ習い事だスポ少だと忙しい。親は夜まで働いて一日が終わる。祖母の時代のささやかな日常を「幸せ」として思い描ける人は、どれくらいいるだろうか。この詩を読んだ時の涙ぐみたくなるほどの感動は、消えゆく美しいものへの愛おしさだったのか。失われてしまったものへの哀惜の情だったのか。

「母の家」も「答」も、庄内を舞台にした子ども時代の回想から生まれてくる詩には、言い知れぬ静かさと深い寂寥が漂っている。それは、太古の昔から厳しい冬を耐え、命をつないできた雪国の人々が心に宿してきた根源的な寂しさなのかもしれない。その血を引く茨木の詩には、そのどうしようもない寂しさが漂っている。

――祖母、大瀧光代

茨木のり子の祖母、光代

茨木のり子が「答」という詩にし、エッセーにもしばしば登場する母方の祖母、大瀧光代という人はどういう人物だったのだろうか。私は、茨木の祖母に惹かれ、生家である鶴岡市大山の大瀧直之助家をしばしば訪れた。現当主夫人の節子は、いつも丁寧に家系図を辿ったりしながら話してくれた。

光代は一八七八（明治十一）年、大山村（現鶴岡市大山）の造り酒屋大瀧直之助家に、三代目直之助（幼名光重）と千代の三女として生まれた。同家を大瀧直之助と称するようになったのは、二代目直之助（幼名光武）以後である。

初代大瀧三郎は、別名を光憲《みつあきら》といい、造り酒屋を営む一方、田中万春の勧めで一八三三（文政四）年、伊勢、京都に行き、国学、和歌、茶道、華道を学んだ。江戸後期の激動する世の中を旅しながら、光憲は何を見、何を考えたのだろうか。

田中万春（一七七二～一八二二）は江戸時代後期の鶴岡市大山出身の学者である。和漢の学を修め、西洋事情にも通じていた。渡辺崋山や高野長英らと親交があり、「万国形勢大編年」を残した。

一八四四年、幕末の国学者、鈴木重胤は秋田からの帰途、大瀧家を訪れた。その学説に傾倒した光憲は自分が主宰する賢木舎《さかきや》社中を率いて重胤の門人となった。その後、光憲は幕末庄内を代表する国学者として知られ、大瀧直之助家は、国学の中心となった。

国学とは江戸時代に起こった学問で、上代の文献をもとに古代日本の思想、文化を研究する学問である。その学問は賀茂真淵、本居宣長、平田篤胤と受け継がれて発展し、国体と神道に対する思想と信仰を生み出した。

光憲は国学のみならず茶道、華道に通じ、自宅に本格的な茶室を建てた。その茶室は百数十年の時を経て今に至るが、茶道の神髄にかなう正式な造りであるという。茶室と同時期に建てられた座敷は、高い天井、大きくとった床の間と飾り棚、広い縁側、内と外を隔てる黒いシルエットの送り戸など、あたかも藤沢周平の海坂藩の世界に入ったような静寂があった。

座敷を通って奥へ進む。茶室に座って凛とした空気を感じながら、床の間、庭を眺めた。にじり口から腰をかがめての席入と、茶道の様式に則って時代を超えても美しくあるように造られているという。表通りから見る黒い塀の内に、このような閑静な世界があったとは思いがけないことだった。

また光憲が収集した茶道具、陶器類も大切に保存されている。

「ご先祖が大切にしたものを、そのまま遺し伝えていくことが私の役割ですから」と、節子は控えめに語る。

光代は国学の流れを汲む家から三川の大地主の家に嫁ぎ、三男四女の母となった。大家族を取り仕切り、大勢の小作人を相手に暮らす日々は、光代を強く柔軟な女性にした。年齢とともにその人柄と教養で着実に自分の位置を築いていき、親族一同から「沼のばばさま」と呼ばれるようになった。

茨木のり子は祖母を「骨董好きで」「なかなか趣味のいい人」と評しているが、それは光代が育った生家の、そのような文化的環境に因るものである。また茨木は祖母のことを「絶対の天皇崇拝者」と述べているが、国学を学び教える家で育った者として当然のことであった。

茨木は敗戦と同時に「子供の頃から仕込まれた天皇中心の日本歴史を調整し、新たに組みたてなければならない」と、古代史を学び始める。金子光晴の詩「答辞に代えて奴隷根性の唄」を挙げて「この詩は強烈に私の心に突きささる。祖母の血をひく者として、日常の暮らしのなかで、天皇制に対してばかりではなく、形を代えての奴隷根性は何かの折にひょいと出てしまうのでは？　という怖れ」を抱いていると述べている。

（「いちど視たもの」『茨木のり子集　言の葉2』）

茨木の詩人としての歩みは、絶対の天皇崇拝時代を否定するところからスタートした。それは自分の中の祖母の血を否定することでもあった。

しかし、茨木はばばさまを別の面からもみている。

「王様の耳」という詩がある。ある田舎の法事の席で、気がつけば茨木を除いて表座敷は満座男ばかり。女は台所でちょこまか。尊大ぶった男も男、我慢に我慢して本音を折りたたむ女も女と、茨木は心の中で腹を立てている。そういう旧態依然の一族の中で、ばばさまとおぼしき人は次のようである。

老女になって　能力ある者だけが
折りたたんだ扇をようやくひらくことを許されるのだ
その権威は卑弥乎なみとなりおおせ
理不尽な命令にさえ　大の男が畏る

「王様の耳」より一部抜粋
（『人名詩集』童話屋）

茨木のり子の詩は、私もその一人だが、女性の読者が多い。日本社会で女が置かれている位置はまだまだ低い。特に政治、経済界においては大っぴらな男女差別が根強くある。社会の基礎単位である家庭にあってもしかり。この詩「王様の耳」に関して言えば、男を批判し、返す刀で女をやわらかく批判する。女は思い当たることが大なので、そうだそうだと共感する。

敗戦直後、茨木は文学に目覚め、時代を生きる中で内から湧き立つ思いを詩にしてきた。茨木自身は女性の立場からとか、啓蒙的な詩を作ろうなどという意識はさらさらなかった。しかし詩として成ったのは、時代や社会や家庭の中でぶつかり続ける女たちの嘆き、ため息、怒り、希望だった。それらを鋭い一行で伝え、一つの言葉で表わした。

茨木にとってばばさまは、「絶対の天皇崇拝者」の部分は反面教師として、また男と対等な座を自力で獲得し、一族から「沼のばばさま」として敬われた部分は敬意の対象として心の中に生き続けた。

「わたしの叔父さん」

——咲かせたかった「大輪の花」とは?

一つのことを、〝これで満足〟というまでに仕上げるには、気の遠くなるような、考えようによっては「無駄」が必要なのだ、きっと。学問も芸術もみなそうにちがいない。スポーツ界も同じだ。二〇一六の夏、リオデジャネイロオリンピック・パラリンピックがあったが、メダルに輝いた人もそうでなかった人も、〝完璧〟を目指して、どれだけの時間、体力と気力を集中させて技を磨いたことか。

そんなことを考えさせられる詩が「わたしの叔父さん」である。

わたしの叔父さん

一輪の大きな花を咲かせるためには

ほかの小さな蕾は切ってしまわねばならん
摘蕾《てきらい》というんだよ
恋や愛でもおんなじだ
小さな惚れたはれたは摘んでしまわなくちゃならん
そして気長に時間をかけて　一つの蕾だけを育ててゆく
でないと大きな花は咲かせられないよ
これこそ僕の花って言えるものは

夏休みに集った小さな子らに
彼は弁じたてていた
ろくすっぽ聴いてもいなかった小さな子らの
何人がいま覚えているだろう

光叔父さんは逝ってしまった　光りすぎたわけでもないのに

大輪の花はおろか　小さな花一つ咲かせずに
結核菌に　たわやすく負け
三十五歳の独身のまま
高名だけで手に入らないストレプトマイシンに憧れながら

サン・テグジュペリを読んでいたら
狐がしゃべくっている
「あんたが　あんたの一本のばらの花を
　とても大切に思っているのはね
　そのばらの花のために時間を無駄にしたからだよ」

似たような考えが人間の頭をよぎるものだ
二人は座敷わらしとナルシサスぐらいに違っていたのに

サザン・クロスのした
一人のアフリカの少年の心に
いま　ひらめいたかもしれない
同じような考えが
Le petit prince を読まなくったって

「わたしの叔父さん」(『人名詩集』童話屋)

「わたしの叔父さん」とは、茨木の母の弟、大瀧光次のことである。

光次は一九一〇(明治四十三)年、三川町東沼に、大瀧三郎右衛門と光代の七人兄弟姉妹の次男として生まれた。一九二三(大正十二)年四月、鶴岡中学校(現県立鶴岡南高等学校)入学。在学中は陸上競技部で活躍したスポーツマンだった。光次は自宅の広大な農地に延びる農道を陸上のトラック代わりにして練習に励んだ。

その後、東京の大学に進学した。総ての青年が戦争に駆り立てられた時代だった。

夏休みで帰省する時は、姉たちに愛らしい兎の小瓶に入った香水などを買ってくる、新しいものの好きな心やさしい若者だった。ところが、思いがけない挫折がやって来た。一九三七（昭和十二）年頃、結核に冒されていることが分かり、自宅療養を余儀なくされた。当時、結核は不治の病として怖れられていた。親戚に医者がいたので、親はあらゆる手を尽くして結核によく効くストレプトマイシンを探してもらったが手に入らなかった。しかし、経済的には何の心配もない家だから、世話をする手伝いの人をつけて、光次は気ままに寝たり起きたり本を読んだりの毎日だった。趣味の書画骨董を眺めて過ごす日もあった。

夏には勝親子が吉良町（現西尾市）からやって来て、近隣の従姉妹たちも集まり賑やかになった。のり子の父、宮崎洪も一緒に来ることがあった。

私は、のり子の弟の英一と一緒に遊んだという板垣俊二を訪ねた。彼は茨木の母の姉の息子で、のり子の従姉弟である。

「昭和十年前後、のりちゃんたちが大瀧家にやって来ると、私は飛ぶようにして駆けつけました。矢馳の木村邦雄さんと、のりちゃんの弟の英一さん、そして私の三人は同じ年だったのでとても気が合い、毎日遊び暮らしました。のりちゃんたち女の子は女の子で遊んでいました。光次じっちゃん（子どもたちは叔父さんの「お」を省略してじっちゃんと呼んでいた）と私たちは、だいぶ年が離れていましたが、じっちゃんは子どもが好きで、よく遊んでくれました」

その頃、のり子は十一歳だったから、光次は二十七歳である。詩には、「夏休みに集まった小さな子らに／彼は弁じたてていた」とあるが、俊二の話によるとこれは実景だった。若い叔父は、広い縁側に座って子どもたちを集めて「摘蕾」などと言う難しい言葉の講釈を垂れた。茅葺屋根の高い天井の部屋には涼しい風が流れ、蝉が鳴いている。気だるい昼下がり、ぽかんと聞いている子どもたちに向って「恋や愛でもおんなじだ」と、話はますます高邁な恋愛論に発展する。子どもたちは叔父さんの気勢に押されてじっと我慢して聞いている。が、心の中で次は何をして遊ぼうかと、走り出すきっかけを探しているのだ。現に俊二は光次が子どもたちに何を語ったかなど全然覚えていなかった。のり子は、人の世の憂いなどを少しは分かる年になっていた。柔らかな感性で、「摘蕾」を真の愛に例えて語る叔父の話を、そっと胸に刻んだ。

一九三七（昭和十二）年十二月、光次は吉良町に嫁いだ姉の勝が結核で亡くなったことを耳にした。同じ病の光次は姉の死を耐えられない思いで聞いた。うつうつと過ごす息子を両親は不憫に思い、縁側から眺められるところに山桜の木を植えさせた。一九三八（昭和十三）年、末子の七郎が出征した。前年には日中戦争が始まり、日本は「一億玉砕」の道を転がり始める。お国のため、天皇陛下のため死ぬことが当たり前だった。

俊二は言う。

「家で病気療養をしていたじっちゃんは、世間に対して肩身の狭い思いをしたと思います。でも、そのために戦争に行かないですんだのですから、幸せだったと言えるかもしれません」

茨木のり子は自分の青春が戦争時代だったことを詩「わたしが一番きれいだったとき」に悔いと怒りを込めてうたった。光次は男である。国のために死ぬことが当たり前の時代に、なすことなく日々うつうつと過ごす病気の自分を、どのように見つめていたのだろうか。愛とはほど遠いところにいる光次が、「摘蕾」という言葉を愛に喩えて語った姿が哀しい。

茨木のり子のアルバムに光次と一緒に撮った写真があり、その横に自筆で「大好きなヲジサンと」とあった。この詩は全生涯を戦争と病気でひっそりと生き、亡くなった叔父への鎮魂歌とも受け取れる。

こんな想像をしてみる。戦争が終わって病気が治ったら、光次にはその時咲かせたい「大輪の花」があったのでは？〝僕はそのために、今、じっと耐えて無駄な時間を生きている〟と。

戦時下で青春を生きた多くの若者に、私は哀しい気持ちで尋ねる。あなたが咲かせたかった「これこそ僕の花って言えるもの」は、何だったの？

二〇一七年春、十和田市在住の知人、五十嵐米

写真提供／宮崎治

子から、「わたしの叔父さん」に関する手紙をもらった。補足として記したい。

米子は昭和十一年生まれの鶴岡出身で、同郷の友人から送られてきた初版『茨木のり子への恋文』を読んでいた。茨木のり子と鶴岡の関わりなど初めて知ることばかりで興味が持てた。「第四章　庄内をうたう」の「わたしの叔父さん」のところで、思わず目が止まった。本に「光次は一九一〇(明治四十三)年生まれ」で、「(鶴岡中学校)在学中は陸上競技部で活躍したスポーツマンだった」とあったからだ。

「あら、父の誕生年と同じ、それに同じ陸上部……」

父、成田米吉は旧制鶴岡中学時代「陸上競技の大好きなスポーツ少年だった」と聞いていた。

おぼろげな記憶であるが、父のアルバムの中に確か大瀧という名があったようなー。

「もしかして、父は茨木のり子さんの叔父さんと一緒だったのでは?」

逸る心を押さえてアルバムを探し、開くと、はたして二枚の写真が目に飛び込んできた。一枚は自宅の庭で撮ったような写真で、学生服の少年が写り、鉛筆で「大瀧光次」という名が書かれていた。もう一枚は、制服制帽の二人の少年で、一人がもう一人の肩に腕を廻し、にこやかに笑っている。そしてローマ字で記された「Otaki Koji」と「Narita Yonekichi」の文字。

〝二人は親友だったのだ！〟

あまりの偶然に、米子は鳥肌が立った。


明治以降、日本は天皇制のもと「富国強兵」を掲げて近代化を進めてきた。日清戦争（一八九四〜九五）、日露戦争（一九〇四〜〇五年）、また朝鮮に対する侵略は強化の一途をたどり、一九一〇（明治四十三）年、韓国併合条約が結ばれ、朝鮮はあらゆる自由を奪われた。統治権の剥奪、民族の文化の抹殺、自国の言葉を使うことも禁じられた。

そんな時代に、大瀧光次と成田米吉は生を受けたのである。

一九二三（大正十二）年、二人は十三歳で旧制鶴岡中学に入学。陸上競技部で出会った。走ることが大好きな少年たちだった。時代はともあれ、青春の日々、陸上部を通して友情を深め、自宅を訪れたり卒業記念に一緒に写真を撮ったりして、楽しい日々を過ごした。

しかし、一九三七（昭和十二）年に日中戦争が、一九四一（昭和十六）年には太平洋戦争が始まり、日本は狂気の坂を下っていく。一定年齢の男子には、天皇のために国に命を捧げる道しか用意されない時代となったのだ。光次については前述のとおりであるが、一方、成田米吉はその後どんな人生を歩むことになったのだろうか。

一九四二（昭和十七）年、米吉は三十二歳で赤紙が来て召集された。家族は母、妻、小学校一年の長女、三歳の長男、一歳の次女の五人だった。遺される家族の心細さや戦地に赴く米吉の心境を思うと切なさがこみ上げる。米吉はお国のためと出征した。

外地へ行く前の一九四三（昭和十八）年、米吉は休暇で二、三日帰宅したが、また慌ただしく隊へ戻って行った。それが米子の父を見た最後であった。

米吉は一九四五（昭和二十）年四月十六日、フィリピンのルソン島で戦死したという。実際には胸部破片傷を負い、餓死であったという。一家の柱を失った後に遺されたのは、先に述べた五人に、出征後に生まれた次男が加わって六人。

成田家の戦後の生活の苦難はいかばかりであったか。

「お国のため」と心から信じ、あるいは本心を制して出征しなければならなかった当時の男たちの気持ちを想像してみる。故郷や父母、家族を思いつつ大陸や南方の異郷で戦死、餓死に追いやられた多くの者たちの無念、無残さは想像を絶せる。

戦争につながる世の中の動きに敏感でありたい。行き着く先が人を殺すような国は御免である。

一九四五（昭和二十）年、成田米吉、ルソン島で戦死。三十五歳。

一九四七（昭和二十二）年、大瀧光次、結核のため死去。三十七歳。

写真提供／五十嵐米子

「大学を出た奥さん」

――大学を出た奥さん大活躍

私が最初に赴任した高校は旧鶴岡高等女学校で、茨木のり子の母が卒業した学校であることは前に述べた。その高校で、何人かの先輩女性教員たちはさっそうと働いていた。夫が戦死し、働きながら子どもを育てている人もいた。最初の職員会議でお茶を出そうとした新米の私に「女の先生がお茶を出したり、片付けたりしなくてもいいのよ」ときっぱり言った。当時、教職についている女性は男性より早く退職しなければならなかったが、彼女たちは退職勧奨を柔らかく、しかし毅然と拒否していた。大正生まれの大学を出た女性たちだった。しかし、一般的には、女性は結婚して子を産み、夫に仕えて生きるという社会通念がはびこっていた。生徒たちは進路相談の時など「大学に進学するとお嫁にいけなくなると親が言う」と、真顔で言った。

それよりさらに十数年さかのぼった昭和二十年代に、庄内で大学を出たお嬢さんがこんなふうに生きているという愉快な詩がある。

大学を出た奥さん

大学を出たお嬢さん
田舎の旧家にお嫁に行った
長男坊があまりすてきで
留学試験はついにあきらめ

ピイピイ

大学を出た奥さん
智識はぴかぴかのステンレス
赤ん坊のおしめ取り替えながら
ジュネを語る　塩の小壷に学名を貼る

ピイピイ

大学を出たあねさま
お正月には泣きべそをかく
村中総出でワッと来られ　朱塗のお膳だ
とっくりだ　お燗だ　サカナだ

ピイピイ

大学を出たかかさま
麦畑のなかを自転車で行く
だいぶ貫禄ついたのう
村会議員にどうだろうか　悪くないぞ

ピイピイ

「大学を出た奥さん」（『見えない配達夫』童話屋）

今でこそ大卒の女性は珍しくないが、昭和二十年代に大学に進学できる女性はそう多くはなかった。この詩のモデル、佐藤（旧姓本間）朋子は、一九三三（昭和八）年、鶴岡市温海（旧温海町）に生まれる。朋子の母は、あつみ温泉「萬国屋」十八代本間儀左衛門の姉である。儀左衛門は茨木のり子の夫の従弟で、茨木夫妻とは非常に親しい間柄であった。そのようなことから、一九四九（昭和二十四）年の三浦安信とのり子の結婚式の時、朋子は三々九度の酒を注ぐ子どもの役、雄蝶、雌蝶の雌蝶役を務めた。

一九五一（昭和二十六）年に県立鶴岡南高校を卒業し、早稲田大学仏文科に入学する。大学進学にあたっては、同大学を卒業した叔父儀左衛門の強い応援があったという。敗戦後数年を経て東京は復興途上にあり、暮らしは貧しかったが混沌とした活気にあふれていた。そんな東京で朋子は四年間、新しい知識と自由、男女平等を享受した。在学中、何度か親戚である三浦安信とのり子の家を訪ねた。茨木のり子のアルバムにはその当時の朋子の写真が貼ってある。何事につけゆったりゆっくりの庄内人というよりは、江戸っ子的なちゃきちゃき娘である彼女は、そのうえ美人である。思いを寄せる早大生も複数いたという。卒業後は前述の叔父の勧めで、フランス留学の夢もあった。

しかし、朋子はすべてを捨ててふるさと庄内へ帰った。庄内町（旧余目町）の造り酒屋鯉川の長男に恋をした。「あたたかく、包容力があって純粋」な長男坊の極めゼリフは「結婚してからでも、フランス旅行はできる」であった。後日談であるが、実際、三人の子どもたちが大きくなった約二十年後、朋子はフランス、ドイツと自由な一人旅を楽しんだ。

間もなく、長女が生まれた。

ある時、夫の用事で赤ん坊を連れて上京

「大学を出た奥さん」のモデルとなった本間（旧姓）朋子の学生時代

写真提供／宮崎治

した。朋子は学生の頃からしばしば茨木宅を訪ねていたが、三浦夫妻が一九五八（昭和三十三）年に西東京市（旧保谷市）に建てた新居は初めてだった。

三浦夫妻はにこやかに朋子を迎えた。快適なリビングに案内され、聞き上手な茨木に問われるまま、旧家に嫁いでからのあれこれを話した。「義母は町会議員で、選挙の時は大変です。大勢の人が出入りして、私は食事の準備に明け暮れます」、「正月には何十人もの年始客があって、寒い時期なのに汗をかきかき、てんてこ舞いです」。そのうち赤ちゃんがピイピイ泣き出して、朋子は慣れた手つきでおしめを替える。手と口は全く別系統で作動し、ジュネがどうのとおしゃべりは尽きない。一人の娘が婚家にすっかり溶け込んで自分の役割を一生懸命果たそうとしている姿に、茨木は新鮮な感動を覚えた。

ところで、この詩の三連目までは現実から生まれたものであるが、四連目は「大学を出た奥さん」が、社会的な活動をしてさらに豊かな人生を歩んでいく、という茨木の希望が込められている。

当時鹿児島県立図書館の館長だった椋鳩十（一九〇五〜一九八七）によって提唱された「親子二十分間読書運動」を、庄内地区でいち早く取り組んだのが佐藤朋子である。

三人の子どもたちのために買った絵本を「こいかわ文庫」と名付けて近所の子どもたちに貸し出した。自分の子どもが小学校に入るとＰＴＡ会長として活躍し、親子読書運動などにも取り組んだ。さらに大学卒という学歴や教養、そして旧家を切り盛りする奥さんとしての人柄を見込まれて、旧余目町の教育委員を四年、教育委員長を八年務めた。語学に堪能なこともあり、町の国際交流にも大きな役割を果たした。また頼まれて源氏物語の講座を持ち、庄内各地で三十数年間講義をしている。

人をよく見、また胸を打つ言葉から詩を紡ぐのが得意な茨木のり子も、朋子の人生のこのような展開は予想つかなかったのではないだろうか。

鶴岡市立温海中学校校歌

――二つ目の校歌

有名な詩人は、地元やゆかりの学校から校歌の作詞を依頼されることがある。茨木のり子も依頼は多かったのではないだろうか。茨木の詩は健やかな精神にあふれ、人を前へ進ませる力がある。また、日常的な言葉を使いながら深いメッセージ性を持っている。そして現代を代表する詩人の一人として、子どもたちに誇りを持たせるという教育的効果もある。

茨木はそういう条件がそろっているにも関わらず、校歌の作詞は生涯でたった二校だけである。嫌いなのだ。そういえばマスコミ嫌いでもあったし、講演も極力避けていた。苦手だと語っていたが、どこかで線を引いておかないと自分を守れないということだったようだ。

最初の校歌は、大西和男編の「年譜―作品を中心にして」(『茨木のり子　花神ブックス1』)

をたどると、一九六七（昭和四十二）年、茨木が四十一歳の時、「藤村女子高校校歌作詞、作曲・山本直純」とある。同校は武蔵野市吉祥寺にある女子中高一貫教育校だ。電話で問い合わせると、知人を介して茨木に依頼し、歌詞の中に校名と女子の生き方の指針となるような言葉を入れてもらったという。

それから三十年後の一九九八（平成十）年、二つ目の校歌が生まれた。

鶴岡市立温海中学校校歌

作曲　佐藤　敏直
作詞　茨木のり子

山ふところに　抱かれて
山菜ゆたかに　育つよう
ひそかに伸びる　背丈と心
いのちはじける　学びの日々よ

出羽の国の　温海の里に
おお　おないどし　仲間たち

荒波に耐え　きたえられ
きらめき　きらめく　魚たち
負けずに伸びる　われらの力
共に進もう　悩みを分ち
みちのくの海　温海の入江
おお　ぶつけあい　仲間たち

いずれの日にか　なつかしむ
お国なまりを　師を　友を
小さな友情　いさかいさえも
いずれの日にか　おもいは帰る

かけがえのない　十代の日々
おお　ふるさとの　われらが母校

二〇〇六（平成十八）年に茨木が亡くなった時、茨木が庄内に残した心を辿っていた私は、たまらなくその校歌が聴きたくなった。

二〇〇八年、入学式の前日に二・三年生が校歌の練習をすると聞き、学校を訪ねた。四月といっても山には残雪、空気はピリリと冷たくまだ春は浅い。体育館に案内され、校歌の練習が始まった。若々しく伸びやかな歌声が広がる。先生の指揮でみんなの声が一つになる。ぴんと伸ばした背中が若い。澄んだ明るい歌声は校舎からあふれ、山あいの冷気をふるわせて空に流れていった。歌詞は温海の海や山で人も魚も山菜も命が躍動しているイメージである。三番の歌詞「いずれの日にか　おもいは帰る／かけがえのない　十代の日々」の言葉が心に残る。校歌は卒業してから、ふと思い出されることがある。また後になって言葉の意味を知って深く心打たれることもある。遠い異郷でふるさとの自然のたたずまいや人々の「気」を身の内に感じて胸が詰まることもある。

校歌の作詞を断り続けてきた茨木が七十歳を過ぎてから、なぜ庄内の小さな山あいの中学校の校歌を作ったのだろうか。

――温海は思い出の宝箱

温海町は二〇〇五（平成十七）年に合併して鶴岡市となったが、人口一万弱の町であった。面積の大部分を樹木豊かな山々が占め、また銀鱗輝く魚の獲れる夕日の景観の美しい日本海に面している。

『茨木のり子　花神ブックス1』のアルバムには、この海辺で撮った少女時代の写真がある。また「杤餅」（『歳月』）には子どもの頃の夫のエピソードとして、温海の杤餅が出てくる。母の生家を訪れた子ども時代、祖母の光代はのり子をよくあつみ温泉に連れて行った。また従姉弟たちや叔父たちと一緒に海で泳いだこともある。三浦安信と見合いをしたのも温海である。子ども時代の楽しい思い出の場所、青春のときめきを秘めた美しい町が、温海だった。

校歌ができたのは、一九九八（平成十）年。当時、温海地区には温海、念珠関、福栄と三つの中学校があったが、統廃合計画によって一つに合併することになった。学校はその地域の歴史、生活、文化などの伝統の上に存在している。学校がなくなると、地域の求心力が衰え過疎がいっそう進むなどの問題が起きる。しかし町の諸事情もあり統合やむなしとなった。町では校歌や校章その他を統合中学校開校推進委員会に依嘱した。

校歌の作曲は鶴岡市出身の佐藤敏直に依頼した。略歴は次のとおりである。

佐藤敏直、一九三六（昭和十一）年、鶴岡市生まれ。県立鶴岡南高等学校から慶應義塾大学工学部に入学。在学中から作曲を志す。一九五九（昭和三十四）年、第二十八回音楽コンクールに入選。最晩年には東京藝術大学で現代邦楽の演奏家育成指導に努めた。またカワイ音楽教室の教材制作と講師の育成に関わった。二〇〇二（平成十四）年三月、脳梗塞のため永眠。主な作品に「旅の途の風に」「最上川の四季」「はじめての町」など多数。（佐藤敏直「さくら」カワイ出版より一部引用）

茨木は校歌を作らない詩人だった。引き受けてもらうにはよほどの根回しが必要であると、開校推進委員会は親戚に当たる十八代儀左衛門に足を運んだ。一方、佐藤敏直は茨木と親しい佐藤朋子を通して茨木に作詞の依頼をしている。朋子の夫と敏直は従弟同士であった。茨木にとって温海はたくさんの思い出につながる大切な土地だ。また、縁戚に当たる人びとの熱い思いと応援に応えたいと、茨木は校歌の作詞を引き受けた。

このようにして、大自然に囲まれてのびのび育つ子どもたちが健やかにあれと、祈りの込められた校歌が誕生したのである。

写真撮影／著者（二〇〇八年四月）

茨木作詞の校歌を伸びやかに歌う温海中学校の生徒たち

混声合唱組曲「はじめての町」

――組曲は二十一世紀への祈り

鶴岡市は合唱の盛んな町である。

ＮＨＫ日本放送局の支局があったので、敗戦直後の一九四六（昭和二十二）年に鶴岡放送児童合唱団、放送児童劇団が生まれた。児童合唱団は現在も同名で活動を続け、劇団は大人有志による「麦の会」へと発展した。また、市内の中学校の教師、三井直の教え子を中心に鶴岡土曜会混声合唱団が生まれ、全日本合唱コンクール全国大会で金賞を得るなど高く評価されている。市内の中学校、県立高等学校の合唱部も活発に活動している。鶴岡市ではそのような合唱の盛り上がりを背景に、一九九九（平成十一）年の市制七十五周年を記念して合唱組曲を作る動きが起きた。

その前年の一九九八年に、作品制作の中心を担っていた鶴岡土曜会混声合唱団指揮者の柿崎泰裕を訪ね、いきさつを聞いた。彼は音楽の町・鶴岡市を熱く語りながら、合唱曲に向けた意気込みを語った。
「鶴岡発の合唱曲は、地元のみならず全国の人たちにも歌ってほしいと考えました。それは地元の地名などの入らない、普遍性のあるものを作りたいということです。ふるさとに対する愛情が込められている詩であることや、オーケストラを使うことなどの条件も出しました。作曲は当初から、鶴岡出身で土曜会の先輩でもある佐藤敏直さんを念頭に、詩の選定も含めてお願いしました。敏直さんはすでに山形県民会館からの委嘱で『交響讃歌やまがた』を作曲されていて、私は敏直さんに彼の代表作となる鶴岡市のための作品を書いて欲しいと思っていたからです」

一九九九（平成十一）年の秋、「鶴岡生まれの組曲 全国に」という見出しで、混声合唱組曲「はじめての町」が完成したことが荘内日報（十月二十日）に報道された。作曲を依頼された佐藤敏直はそこで「温海中学校の校歌を一緒に作った詩人の茨木のり子さん―東京都保谷市在住―の作品を採用」して作曲を行い、「茨木さんは庄内とゆかりがあり、庄内のことをよく知っていて、庄内の地を愛していると聞いたことがある。茨木さんの詩が好きなので、いつか作品を作りたいと思っていた」と語った。

同年十二月十二日、鶴岡市文化会館で混声合唱組曲「はじめての町」の初演が公開された。会場はほぼ満席で、市民の関心の高さが伺われた。

幕が開くと山形交響楽団の美しく澄んだ音色が滑るように会場に流れた。合唱は詩「はじめての町」から始まった。壇上の県立鶴岡南高等学校音楽部と、鶴岡土曜会混声合唱団の息の合った若々しい歌声が会場に響いた。詩は次の通りである。

一、「はじめての町」（『見えない配達夫』）
二、「さくら」（『食卓に珈琲の匂い流れ』）
三、「夏の星に」（『見えない配達夫』）
四、「六月」（『見えない配達夫』）
五、「色の名」（詩集未収録『茨木のり子　花神ブックス1』）
六、「秋」（鶴岡市教育委員会依嘱作品）
七、「娘たち」（『食卓に珈琲の匂い流れ』）
八、「十二月のうた」（詩集未収録『茨木のり子　花神ブックス1』）

組曲として構成された八曲は四季の流れに添って配列され、ふるさとの移り行く美しい自然をイメージしている。最初の「はじめての町」は、住み慣れた「変わりばえしない町」でも、旅人のようなときめきを持って眺めると新しい発見があると語りかける。ふるさとは桜の美しい町で、夏には星が瞬く。四季は彩りの変化にあふれ、秋には白鳥が遠くから渡って来る。実りの秋には「遠いいのちをひきついで／さらに華やぐ娘たち」（「娘たち」より）が、青春を楽しむ。そして一年の終わりが来て「十二月のうた」となる。子守歌のような安らかな休息で結ばれる。

組曲には美しいふるさとを、すぐに幕が開く二十一世紀へ愛情込めて手渡していこうという希望が感じられた。その希望は、舞台で合唱する高校生と土曜会混声合唱団の力強い歌声に乗って市民に伝えられた。熱狂的なアンコールの拍手が何度も鳴り響いた。

——合唱曲はいかがでしたか

体調が悪く、公演当日、鶴岡へ来られなかった茨木に翌朝、報告の電話をした。まず体調を尋ね、組曲の完成のお祝いを述べた。

「最近はどうも調子が悪くて。今回も鶴岡に行きたかったのですが。それで、昨日の合唱はいかがでした？」

静かなゆったりした声が聴こえてきた。演奏中の舞台に吸い込まれるような聴衆の息遣いや演奏後に湧き起こった熱い感動など、どういう言葉で伝えればいいのか。咄嗟にいろいろな思いが頭をよぎったが、率直に感想を述べるしかなかった。「はじめての町」は聴衆を歌の世界に力強く一気に引き込んだこと、次の「さくら」はトーンを落とした静かな響きが美しかったこと、「色の名」は日本的なやさしいメロディーだったこと…。茨木は相槌を打ったり、時に言葉を挟んだりしながら聞いていた。曲風の変化については「佐藤敏直さんは詩の雰囲気を大事にしてくださったのですね。邦楽の作曲もなさるので『色の名』は日本の伝統的なメロディーにしてくださったのでしょう」、

「『さくら』はね、鶴岡公園の桜を思い出したりしながら詩を書きましたの。桜のころ伯母たちと散歩しました。楽しい思い出です」と言った。

電話の終わり頃に、「さっきね、鶴岡の親戚の人から電話がありましたの。『よがんした』の一言で。うれしかったのですが……。詳しい説明をありがとうございました」。

鶴岡の人たちは、折に触れ地元の情報を伝えて、茨木を喜ばせている。

思い起こせば、私が茨木のり子に初めて面会を得たのはこの年の前年、一九九八（平成十一）年の春だった。その数年前、茨木が庄内と深く関わりのある詩人であることを知って、ゆかりの

伯母たちと鶴岡公園にて

写真提供／鶴岡市平田　五十嵐美紀

人々を訪ね歩いたルポを地区の高校国語教育研究協議会の会誌に発表した。それから一～二年後、この地域でも毎年開催している三月八日の国際女性デーの講師に茨木の名前が挙がった。依頼状を書いた。初めての手紙である。その数日後、改めて返事を問う電話をかけた。きっぱり断られた。「講演はお断りしていますの」ということだった。低音のいい声だった。その後、今度は同僚だった書道部の顧問から茨木への手紙を頼まれた。鶴岡を中心に山形県高等学校総合文化祭が開催され、三つの高校の書道部が合同で大作に取り組むことになった。茨木の詩「最上川岸」の一部を使いたいが、その許可を得てほしいということだった。この返事はもちろん「どうぞ」だった。その他に二、三度、「お目にかかりたい」旨の手紙を書いた。そしてやっと実現したのである。

憧れの詩人に一人で会うのは怖かったので、かねてから私と同じ気持ちを持っている友人の佐藤博子を誘った。初めて会った茨木のり子は、背筋をすうっと伸ばした大きい人という印象だった。その時茨木は七十二歳だった。私たちに庄内のことを尋ね、また温海中学校の校歌を作ったことや、鶴岡市制七十五周年を記念してつくる予定の合唱組曲のことなどを語った。

その後、発行された詩集『倚りかからず』（筑摩書房）や童話屋から再刊された詩集が、そのつど茨木から送られてきた。

茨木は母と夫の故郷である庄内が好きだった。風景も食べ物も、ゆかりの人々も。私が茨木に強く惹かれたきっかけは、庄内に深くつながる詩人だったからだ。そして私が押しかけるのを茨木が拒まなかったのは、私が鶴岡の人間だったからだろう。そのことを私は幸運に思っている。

その夜、混声合唱組曲のコンサート会場は熱狂的な拍手とアンコールで沸いた。そのことを少しでも伝えようと長電話をしてしまったが、茨木にとっては親戚からの「よがんした」の一言に勝る言葉はなかったろうと思う。前年の中学校校歌と合わせて、このような形で安信のふるさとに恩返しができたことを、茨木は喜んでいた。

年明けて四月、茨木は大動脈解離で入院し、同時に乳がんも発見されて手術した。

一九九九年の冬、茨木は自分の命と向き合いながら七十代を生きていた。茨木には、まだしなければならないこと、したいことが残っていた。それは茨木が極力避けてきた夫への愛を、どう詩に表現するかということだ。二十一世紀が始まろうとしていた。

二部

茨木のり子の詩の世界

田麦俣の多層民家にて

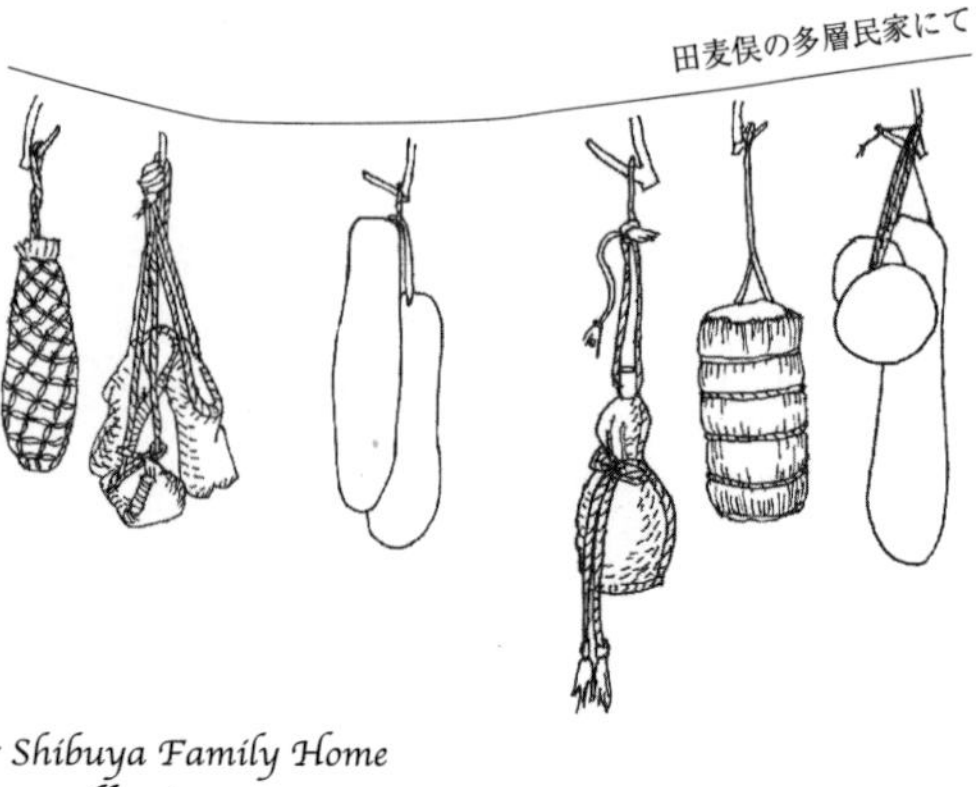

Former Shibuya Family Home
Chido Museum collection

一章　詩から見えてくる世界

「山の女に」

――勁《つよ》く生きる女への賛歌

茨木のり子と庄内とのつながりを辿っていくうちに、その作品にさまざまな発見があり、また詩の世界をより深く楽しめるようになった。

作品は、あるがままそれ自体を鑑賞すべきで、作者の意図とか背景とかを詮索すべきではないのかもしれない。しかし、素直にそのままを受け入れて楽しむ詩と、少し立ち止まって意図や背景を探ってみたくなる詩がある。

「山の女に」の詩は後者である。この詩の広い世界への入り口は、健康で美しく、大自然の中で悠々と生きる「山の女」に対する感動であった。茨木のり子が人物をうたう場合、往々にしてモデルが存在する。

このすてきな女性はいったい誰なのだろう。

山の女に

早春
生れ出てくる子供のために
ランプの下でこまごまと縫いものをする
あなたの頬は赤くほてって

からだはまるまるまるとふとって
まるでルノアールの描いた女のように
色彩的だ
緬羊と山羊と犬を従えて
晩秋の道を行くあなたは
どこの国の女王様よりも立派で支配的だ
連なる山脈からぐいぐい昇る太陽が
ずいとあなた達の食堂に入りこむ頃
あなたの夫は地下足袋を穿いて
山林の測量や植林に出かけて行く
ここ海抜六〇〇米の開拓地
風をよけて山腹にぽつんと建てられた
あなた達の家はからまつや山ざくらと
深い調和を保っている

〃オランダでは新しい家を建てると
すぐに八本の果樹を植えるそうですね
　ぼくたちも……〃
あなたの夫は夢を語ってやまない
山菜を貯え　山葡萄の酒をかもし
若い二人はあらゆるものに挑む
若さはすばらしい
まだ疲れていないことはすばらしい
とうきびがシャンデリアのように
びっしり吊された茶の間で
わたしは憶う
わたしの夢みる未来のくらしが
人間の始源時代の生活と
ほとんど似通っていることを

時雨の峠ですれちがうきこりは
人とみれば野太い声を投げかける
月明に兎が走ると　飼われた犬は
ふしぎな声で吠えたてる
どんな山ひだにも谷あいにも人が居て
ひっそりと紫いろの煙をあげていることは
胸が痛くなるほど　いとおしい

たちまちしぐれ　たちまち晴れ
水晶のように澄む山を下って
わたしはまた塵埃のまちに帰る
たくましく
美しいイメージを貰ったことを

言葉すくないあなたに謝して
ふたたび狸よりひどいやつらの
うろつく街へ！
太陽も土も青菜も知らぬ鶏が
ただ食べられるためにだけ
陸続と生産される
悪い工場のある街だ！

「山の女に」（『見えない配達夫』童話屋）

詩は、茨木のり子三十歳の一九五六（昭和三十一）年に『詩学』に発表された。（一九五八年、『見えない配達夫』に収録）

時代は昭和二十年代末。敗戦後十年近くを経て、日本は豊かさに向かって上昇期にあった。そのような時代に、二人は社会の繁栄とは別のところ、「海抜六〇〇米の開拓地」で大自然の中に分け入って荒れ地を切り開き、緬羊を飼い植林をし、自給自足の生活をしている。

秋の夜長、一日の労働の後の満ち足りたひとときが二人を包む。ランプの下で妻は生まれてくる子どものための縫い物をし、夫はその傍らで暮らしの夢を語る。濃密な充足感がただよう絵のような光景だ。便利で豊かな生活に慣れた人は、彼らの不自由さを笑うかもしれない。しかし茨木は、人間の始源時代を感じさせるこの暮らしこそが、自分の理想であると讃えている。

この「山の女」とは一体誰で、彼らが暮らす「山」はどこにあるのだろうか。

――鶴岡にゆかりの人

二〇一〇（平成二十二）年、ミステリアスな「山の女」が解き明かされる機会が訪れた。

高崎市の土屋文明記念文学館で開催された「茨木のり子展」の図録で、宮崎治の「架空の『茨木のり子記念文学館』へようこそ」という文に出会った。そこで彼は「山の女に」と「大学を出た奥さん」のモデルとなった方々との出会いの詳細を述べている。一部引用したい。

二〇〇六年四月二日、夫・三浦安信が眠る山形県鶴岡市加茂の浄禅寺にて伯母の納骨の法要が執り行われた。その日、私は初めて伯父方の親類にお会いしたのだが、精進落としの席で思いがけない方々とお話しすることができた。

詩集『見えない配達夫』に収録されている詩篇「山の女に」の題材となったご家族と、「大学を出た奥さん」ご自身である。この二篇は伯母の初期の作品の中でも好きな詩であるが、その詩の登場人物が、突然、生身の人間として私の目の前に現れたのだ。（略）彼らが詩の題材となったのはもう半世紀も前のことである。「山の女に」で将来の夢を語ってやまなかった若い夫は老紳士となり、私に将来の夢を語るかわりに、遠い過去を語ってくれた。

宮崎の文によるとこの詩は、茨木夫妻が〝山の女〟とその夫の新婚家庭を訪れた時のことを素材にして作られたものだという。

〝山の女〟は鶴岡にゆかりのある人だった。

また茨木はこの詩で、山のあちこちにこの夫妻と同じような人々が住んでいることを感じ、「ひっそりと紫いろの煙をあげていることは／胸が痛くなるほど　いとおしい」と、深く心を寄せている。

その文を読んでから二、三カ月後、「山の女に」のモデルがわかった。

秋、私は茨木のり子の義姉である三浦和枝を訪ねた。雑談を交わしている時、並木昭二という名前が出てきた。前後の話からもしやと思って尋ねると、その人は「山の女に」の夫で、宮崎治の文中の「老紳士」であった。和枝は言った。

「その並木さんの奥さんはですの、安信さんの妹さんで佳さんという方です」

やっと〝君の名〟を尋ね当てた。

ところが、胸弾ませたのも一瞬で、その人は既に亡き人であった。

——福島県西郷村川谷開拓史

私はすぐ、福島県西郷村在住の並木昭二に、「六月の会」の会報を添えて手紙を書いた。「山の女に」のモデルとなった奥さまについて教えていただきたい、そして、もしよろしければ、来春、御当地をお訪ねしたいと。

返事は、十二月二十五日に茨木のり子の好物であったガレットというお菓子と一緒に届いた。

「拝復、胸躍るおたよりと、貴重なる会報を御恵贈下さり有難うございました」と格調高い挨拶で始まり、続いて三浦家で何かある時には鶴岡を訪れ、茨木のり子と過ごした思い出が綴られていた。また『ふるさと講座第三回「川谷開拓史―その体験を通して」講師 並木昭二』という冊子と、夫妻の金婚式を祝って孫が書いた作文のコピーが同封されていた。

その作文には、親戚の茨木のり子さんが祖父母の新婚時代をモデルに「山の女に」という詩を作ったこと、土に根ざした祖父母の生活の原点がうたわれていること、そして太い幹に支えられた家族の歴史が今も続いていること、またこの詩は家族の宝物であるだけでなく、開拓村の歴史を伝える詩として地域の人たちにも愛されていることなどが記されていた。

〝山の女〟は残念ながらもういない。しかし、彼女を語ってくれる人たちがいる。そして夫妻が切り拓いた山がある。茨木が感動した山の空気を胸いっぱい吸ってみたい。並木の「ぜひいらしてください」という言葉に胸躍らせた。

春になったら訪ねて行こう。

その冬は並木から届いた冊子や、その後に送られてきた手紙を読み、敗戦後、並木夫妻がたどった困難な開拓村の足取りをたどった。手紙には開拓当時を回想して、「住居はカシワの柱を笹で囲み、タイマツの明かりで雪靴を編む。弥生時代の体験は十九歳の夢ある少年にとってみれば、原始時代の楽しさもあった」と書かれていた。

さらに、別便では次のようなことが語られていた。

「満蒙開拓の父である師（加藤完治）は、私十七歳、全国より選ばれて心身ともに鍛えられて終戦の日。天皇陛下の『おことば』を弥栄広場で直接拝聴、やり場のない虚脱感におそわれ長い空白の一日でした。師は『切腹の行動』を実行に移さず、祖国再建の為に、ここ『みちのく白河に』私たちを選んで開拓を始めました。那須御用邸迄一万ヘクタールの軍用地（山林、原野）に海外から引き揚げてくる人びとを受け容れる為に。満蒙開拓地からの引き揚げ者、海外から軍人の方々を入植者として、五年間命を預けてくれ…。二十歳の私達が理想郷の建設に命をかけました」

戦後の開拓の目的は、食糧の増産と、中国大陸、東南アジア、朝鮮半島などからの復員軍人および引揚者と、東京大空襲などの戦災者の就業確保で、国策として行われた。

ところで、並木が師と仰ぐ加藤完治とは、どのような人物なのか。『世界大百科事典』（平凡社）の「日本高等国民学校─加藤完治」には、次のようにある。

「満州事変勃発後の三二年からは中国侵略に伴う満蒙開拓の移民に力を注ぎ、三八年満蒙開拓青少年義勇軍発足とともにその中央訓練所（同県東茨城郡内原町）の所長を兼ね、約二二万人を派遣した。戦後は追放解除後、四六年に福島県に入植、白河報徳開拓農協組合長となり、辞職後日本高等国民学校（日本国民高等学校を改称）の校長に復帰した。農本主義の権化といわれ、《日本農村教育》（一九三四）などの著書がある」

また、彼は山形県とも大きな関わりがある。

加藤は一九一五（大正四）年、三十一歳の時、山形県が地域のリーダーを育成する目的で作った県立自治講習所初代所長となった。加藤は次男三男のために新庄市萩野の開拓を積極的に進め、一九三八（昭和十三）年に満蒙開拓青少年義勇軍が創設されるとその中央訓練所の所長を兼ね、若者たちを積極的に満州へ送る流れを作った。

旧満州に送り込まれた日本人が敗戦前後どのように残酷な死を迎え、命がけの悲惨な逃避行を続けたかは歴史の記すところである。加藤は戦後、多くの若者を大陸に送り込んだ教育者として厳しい批判にさらされた。

戦争によって作り出された「戦争難民」の歴史は山形県にもある。

一九四五年三月十日の東京大空襲で焼け出された多くの人々が、住む場所を求めて地方へ脱出した。身寄りの人を頼りに山形県に逃れてきた人々も多く、生き抜くすべに苦悩し、県内のあちこちへ入植した。「泉村川代山へ三〇〇町歩」という新聞記事を目にして鶴岡市羽黒町、月山山麓へ入植した人たちもいた。

日本各地に点在している開拓民たちは飢えをしのぎ、厳冬とたたかって未開の山野を切り開いた。彼らは、戦争によって作り出された「戦争難民」であり、犠牲者とも言える。私は「山の女に」から、思いがけない歴史の断面を知った。

春になったら西郷村を訪れたいという思いはいっそう強くなった。「西郷村・下郷町ロードマップ」などを広げながら道順を確かめた。地図にあるダム湖や川などに思いを馳せながら春を待った。

春、山々にはどんな花が咲くのだろうか。

だが春は来ず、来たのは、あの二〇一一（平成二十三）年の三月十一日だった。

――「山の女に」と3・11

楽しみにしていた西郷村への小旅行は、突然打ち切られた。三月十一日、日本中を震撼させた大震災と原発事故が起きたのである。奥羽山脈と朝日連峰を隔てた庄内地方も恐ろしいほどの揺れだった。そして夕方のテレビで日本国中、いや世界の人々も信じ難い津波の映像を見た。地震と津波という自然災害で人々は洗いざらいを失った。また、続く福島第一原発事故という人間の大失策で、人びとは当たり前の平穏な暮らし、幸せの基盤の総てを足元からすくわれた。現代の便利で快適な文明生活は、もろく危うい薄氷の上に成り立っていたのだ。そしてこの事故が起きるまで、私は日本国中に五十四基も原発が建っていたことを知らなかった。すべての人がふやけた思考を中断して、これまでうかうかと見過ごしてきた過去、油断していた現在、その過去と現在の延長線上に破壊が用意されている未来を改めて考えた。

開拓地に生きる「山の女」たちは、恐怖と絶望に陥っている。これからの暮らしの再建に苦悩している。福島行きは断念した。

そして、並木昭二からさらに送られてきた資料に目を通した。

一九五五（昭和三十）年は、西郷村の白河報徳開拓組合入植十周年の年であった。開拓村の人々はまだランプの生活である。広大な原始林に分け入って夜を日に継いで働いてきた。厳しい十年だった。『白河報徳開拓誌』の中にこんな歌があった。

骨ぶしのうごくかぎりは働かんおよばぬことは神にまかせて　黒田藤雄

並木からの手紙には「『君の結婚については僕に任せなさい』という加藤完治の鶴の一声で決まりました」とある。並木昭二と三浦安信の妹の佳はその記念すべき十周年の五月六日に、カトリック白河教会で式を挙げた。

開拓村一世の並木昭二、佳の略歴は次の通りである。

並木佳、一九二七（昭和二）年鶴岡市に生まれる。父は三浦平次郎、母はよしみ。茨城県の「日本国民高等学校」（現・日本農業実践学園　加藤完治、初代校長）に学ぶ。一九五五（昭和三十）年、並木昭二と結婚。二〇〇八（平成二十）年没。享年八十歳。佳は敬けんなクリスチャンで、周囲の人たちにやさしく献身的で、多くの人に愛された。写真の童女のような顔立ちを見ると、きっと精神もピュアな女性だったのだろう。

並木昭二、一九二七（昭和二）年茨城県に生まれる。一九四三（昭和十八）年、加藤完治開設の満蒙開拓指導員養成所予科に入所。一九四五年、養成所解散。加藤完治に一切を託して福島県西郷村に入植。一九五五年、三浦佳と結婚。彼は心温かく誠実で、手紙や電話からも若々しく熱い開拓魂を感じさせる人である。

その秋、二人の結婚を祝して身内の人たちが西郷村に集まった。鶴岡から佳の父と姉の節子、東京から兄の三浦安信と妻のり子である。都会から来た茨木が目を見張ったのは那須高原の大自然だった。海抜二千メートルに近い山々が連立する那須連峰。厳しく美しい山容は永遠の自然を誇り、山々から清冽な流れを集めた阿武隈川は、渓谷美を造り西郷村を貫流する。

茨木の目に当時の日本はどう映っていたか。詩には「狸よりひどいやつらの　うろつく街」、金儲けのためなら手段を選ばぬ

「山の女に」のモデルとなった並木佳。一九五五年、並木昭二との結婚式にて。

写真提供／並木昭二

「悪い工場」が林立している町、と手厳しい。

さて、この詩から約六十年経った現代はどうだろうか。

人々は原子力発電による豊かで快適な暮らしを求めた。その結果の福島の原発事故である。茨木が、「山の女に」の詩で批判した、経済優先社会のまさに延長線上に今の原発事故が起きた。姿の見えない恐ろしい放射能は、平安な日常、暮らし、家族の絆、共同体、歴史、文化など、そして過去、現在、未来にわたるすべてを根こそぎ奪った。

原発によってもたらされる物質的な豊かさと便利さに幻惑されて、私たちはとんでもない過ちを犯してしまった。金儲けのために「安全神話」をまき散らして推進してきた時の政府と東京電力、そして一蓮托生の一部の学者に激しい怒りが湧いてくる。このような大事故が起きているにもかかわらず、さらに原子力発電再稼働に動き出した安倍政権と電力会社は一体何を目指しているのか。

まさに「たぬきよりひどいやつら」が結託して「悪い工場」を作り動かしているのである。彼らは今、狸のように腹をパンパンに膨らませて、悪さのし放題だ。

優れた詩は恐ろしいほど予言的だ。

福島県西白河郡
西郷村の大自然
上は那須連山と
新甲子温泉郷
下は堀川ダムから
臨む那須甲子連山

写真提供／西郷村

「六月」

――理想と希望の詩

ところで、「山の女に」の人々や自然に思いを巡らせていると、不思議なことに「六月」の詩が浮かんできた。まったく違う詩なのに、なぜなのだろうか。

六月

どこかに美しい村はないか
一日の仕事の終りには一杯の黒麦酒
鍬を立てかけ　籠を置き
男も女も大きなジョッキをかたむける

どこかに美しい街はないか
食べられる実をつけた街路樹が
どこまでも続き　すみれいろした夕暮は
若者のやさしいさざめきで満ち満ちる

どこかに美しい人と人との力はないか
同じ時代をともに生きる
したしさとおかしさとそうして怒りが
鋭い力となって　たちあらわれる

「六月」（『見えない配達夫』童話屋）

二つの詩はほぼ同時期、「山の女に」は一九五六年一月『詩学』に、「六月」は同年六月「朝日新聞」に掲載された。

「六月」は茨木の代表作の一つで教科書にもよく採用されている。理想、希望、連帯など明るい気分が積極的にうたわれている。

とても分かりやすい詩なので、読んでそのまま感じればいいのだが、授業をするとこの詩はなぜかしにくい。ある中学生から、茨木に質問の手紙がきたという。そのいきさつが「詩は教えられるか」(『言の葉さやげ』)に載っている。

「先生を含めて、生徒みんなで討論したが、これは作者が外国に行って日本を憶い書いた詩であろう。六月は雨期で一番厭な季節だが、この詩はへんにカラッとしているのは何故か? 題との関係がまるでわからない。これは都会人の考えている農村にすぎない等々いろいろ出て、よく掴めない。作者自身の答をききたい」

詩の授業は難しい。私もこういう混乱に陥ってしまうことがあった。それにしても、直接作者に問うとは思いもよらないことで、積極的なクラスである。

茨木は「詩を読むのに、まるで真理か定理を探求するような姿勢である」と大いに困惑しながらも長い返事を書いた。詩はどのように読みとっても自由、「外国で書いた詩と読んでくれても、いっこうにさしつかえない。六月はたまたま私の誕生月で、書いた時も六月だったから深く考えもせず題をつけてしまった」。また、詩の意図については

「この詩を書いた時、私はコンクリートでかためられたような街に住んでいて、土をみることがなかったし、緑もまったく乏しかった。陸にあがった魚が水をこがれてパクパクするように、殆んど溜息のようにふーっと出来てしまった詩である」と。そして返事を書きながら、「作者が良い解説者とは限らない」と思ったと述べている。

茨木の誠実で丁寧な長い返事に対して、中学生からは「わかった」とも「返事をありがとう」とも来なかったらしい。その中学生宛に出した茨木のり子直筆の得難い手紙はどうなったのだろうか。残っていれば宝物になっただろうに、もったいない。


茨木は日常生活で出会った言葉や場面、実在の人や出来事などをヒントに詩を作ることが多い。すると「六月」も、まったくの空想から生まれた詩ではなく、なにか事実をもとにした感動から生まれた詩に違いない。と考えていくと、西郷村での並木夫妻や開拓村の人々との出会いにたどり着く。「六月」は「山の女に」の姉妹編なのではないか。

二人の姉妹の似通っているところは、「山の女に」の詩で、夫が語った「オランダでは新しい家を建てると／すぐに八本の果樹を植えるそうですね／ぼくたちも…」は、

「六月」では「実をつけた街路樹が／どこまでもつづき」という「美しい街」の緑の風景になった。また、開拓村の人々の共同の精神は、「六月」の詩で「美しい人と人との力はないか」という理想、希望になった。「六月」の詩が簡潔で、美しく、力に満ちているのは、現実に見た山の女たちや男たちに対する深い共感と感動がベースにあるからだ。この詩で語られる夢と希望は架空のものでも絵空事でもなく、開拓村の人々が苦しい生活の中で抱き続けてきた理想と夢である。茨木の詩は立ち止まって考えると、日本の歴史や時代とその中に生きる人々の姿や思いにまでたどり着く。詩の底に、日本民族の豊かな暮らしへの希望の鉱脈が横たわっている。

ところで、この二つの詩を姉妹と考えたが、茨木は女学校時代から万葉集を愛読していた。その長歌と反歌の形式を遊び心で拝借したのかもしれない。反歌とは長歌の後に読み添える短歌である。長歌の意を反復したり、補足、要約するものである。そこで密かに万葉集の〝手〟を応用して、「山の女に」を長歌に、「六月」を反歌として添えたのではないだろうか。

――北海道の知事公館に

「山の女に」や「六月」は、日本の開拓史の一コマを照らす詩だ。

日本は瑞穂の国である。古来、原始林や原野を開拓開墾して居を構え、田畑を整え村落共同体を創り上げてきた。そう考えると日本全国それぞれの地域の開拓史話は無数にあるにちがいない。ここ庄内平野にしても、先人は広大な原野を拓いて今日のような美田にしてきたのである。先人の不屈の開拓魂は今も庄内人の風雪に負けない精神力となって残っている。

江戸末期から明治にかけて武士社会が崩壊し、多くの士族が路頭に迷った。

庄内には旧庄内藩士約三千人による松ヶ岡の開墾史がある。また維新政府は北海道の開拓に着手し、旧庄内藩士松本十郎を開拓吏判官に任命した。彼は開拓、稲作の奨励、病院や学校の開設などにその手腕を発揮した。北海道へ渡った庄内人も少なくない。一例を挙げれば、明治期の開拓団によって発展した名寄市はそのルーツを旧藤島町（現鶴岡市）とし、一九九六（平成八）年に姉妹都市の絆を結んでいる。

敗戦後は、国策の一環として満州から多くの引き揚げ者を北海道へ送り込んだ。開拓一世は極貧と重労働、そして厳冬に耐え、長い歳月をかけて少しずつ人間らしい生活を手にし、今日の町や市を作ってきたのだ。

札幌市の北海道知事公館二階の会議室に、茨木のり子の詩「六月」が飾られている。揮毫は同市在住の書家、中野北冥による。この詩を掲げたのは以前道知事だった横路孝弘（一九八三〜一九九一年まで在職）である。横路は当時一村一品運動に力を注いでいて、その思いをこの詩に重ねた。しかし、知事の思いはもっと広く深く、北海道開拓の歴史と開拓魂をこの詩に見、その原点と理想をこの詩に感じたのではないだろうか。

「この詩の前に立つと中野北冥さんの素朴な筆跡と相まって、北海道を拓いてきた人たちのさまざまなイメージが浮かんできます」と、知事公館近くに住み、この「六月」が会議室に飾られていることを知らせてくれた女性は言う。

日本は国土を開拓開墾し、農業によって国づくりをしてきた。また、明治維新や昭和二十年の敗戦など、危機やどん底に陥った時、日本人はやはり開拓をして生き延びてきた。どんなに苦しい時代にも、人は必ず希望や理想をかざし、そして「美しい力」を発揮して生きてきたのだ。

現代は農業がまったく軽視されているので、日本の開拓史などはすっかり忘れ去られてしまった。だから「六月」を読んで〝これは外国だ〟とか〝都会の人が考えている農業だ〟などと思うのかもしれない。

ところで、戦争をうたった「わたしが一番きれいだったとき」も、開拓地の人をうたった「山の女に」や「六月」にしても、茨木の詩は美化されているという人がいる。生々しい現実感がないと。

しかし、茨木のり子の詩はそれでいい。それがいいのだ。

例えば、温海の山奥で織られる素朴なしな織、地元の土を練って焼かれた陶器、心をも酔わせる甘美な地酒など、それらには創られる長い工程での汗や苦心惨憺たる形跡はいっさい出てこない。手触り温かく、快く手に馴染み、おいしく喉を通ればそれでいい。美が普遍的であるということは、その作品に受容する豊かさがあるということである。

二章　『歳月』詩の世界の完結

本著の目的は、山形県庄内地方から茨木の詩と人物を読むということである。最終章に詩集『歳月』を持ってきたのは、この詩集は夫である鶴岡市出身の三浦安信に捧げられた愛の詩集だからである。母のふるさと庄内を愛した茨木は、魂が引き寄せられたかのように同じ東北訛の男性に心を奪われた。

茨木は生前、夫への愛の詩をほとんど書いていない。夫が亡くなってから少しずつ書き溜めて、しかもその発表は自分が亡くなってからにしてほしいと、甥の宮崎治に頼んだ。そして茨木のり子の一周忌の二〇〇七（平成十九）年に『歳月』として花神社より発刊された。

詩集の発表がなぜ死後だったのかも含めて、『歳月』を読んでみたい。

「書きためている」

茨木夫妻をよく知っている人たちは、二人は相思相愛のカップルだったという。金子光晴は「茨木さんとこの御夫婦は、他人のつけ入る隙はねぇってもンだね」と言った。万葉の昔から詩歌の主流は愛といっても過言ではない。それなのに、茨木の詩集には夫をうたった詩がほとんど見当たらない。

茨木は四十五歳の時、次のように述べている。

「私には子も孫もないが、夫が一人居るから我が背の君の三十篇でも書いてみたらどうなのかと自問してみるが、とてもできない。含羞もあるが、好みの問題でもあるのだが、ぬけぬけとそんなものを書いて……という世の、というか、詩の世界での通念が邪魔だてをしているところが大きかろうと思う」（「金子光晴―その言葉たち」『言の葉さやげ』）

「含羞」や「好み」の他に「通念」にこだわっているところが意外である。

その三年後に安信は亡くなり、それから十年後、茨木は大岡信と対談をしている。（「《対談》美しい言葉を求めて　茨木のり子・大岡信」『茨木のり子　花神ブックス1』）

その中で大岡は、夫や近親のことについての詩が少ないことを述べて「それで三浦さんのことを、一篇の詩に凝縮するってことじゃなくて、まああっさりと連作の詩で書いたら、すばらしい詩集が一冊できるって気がするのね。読者としての立場からはぜひ読ましてもらいたいな」と言う。それに対して茨木は「なくなったらすぐ追悼記とか、挽歌とか出すってのは好まないわけですよ。長い時間かけて、なお残ったものがあればですね。で、書きためてはいるんですけど今発表する気にはならないんです」と応える。

こんなことも言っている。「子供のおもちゃでジグソーパズルってあるでしょう？一つ一つはめこんでいって建物や動物の姿を作ってゆく…。今までできままに書いてきた詩は、その『部分』のような気もするし、まだ大事な部分を埋めてないから、ライオンだか豹だかわからない。夫のこともその大事な『部分』かもしれません」

大岡は茨木の言う大事な部分について「心臓部とか眼だとか」と突っ込む。茨木は「それが私のいちばん弱い部分だったりして。それだけにきちっと嵌められたらって感じがありますけど。でも欠けっぱなしもいいし、微妙なところですね」と応じている。

書きためている詩を、いつなら発表できるのか？　なぜ今発表する気にならないのか？　大岡は紳士なのでそこまでは突っ込まない。茨木はこの時五十八歳であったが、すでにある覚悟を持って夫への愛の詩を書き、いつかは発表したいと構想を練っていたということが伺える。

そのやりとりを私の言葉で整理してみる。

——これまで書いてきた詩は、ジグソーパズルに例えればその「部分」で、夫のことも「大事な部分」です。それは心臓とか眼にあたるものかもしれない。しかし、夫のことを詩にするのは私の一番苦手な部分で、うまくいくかどうか。だから夫への想いは、自分の詩人生の総力を上げて書き、私の最後の仕上げとして完成させたいと思っています。そう、画竜点睛。ジグソーパズルにきちっとはめられたらって思っているんです。

発表？　うーん——…。

「死後に発表してほしい」

茨木が亡くなった二〇〇六（平成十八）年の八月に、思いがけない電話があった。鶴岡市の三浦産婦人科医院の三浦宏平院長からで、「茨木さんの甥の宮崎治さん御家族が、茨木さんの墓参りに来られるので、ご一緒にお食事でも」ということだった。三浦宏平は茨木のり子の夫、安信の甥である。

朝夕、秋風とも思われる涼やかな葉ずれの音の聞こえる八月末、私は指定された市内の割烹料亭「紅屋」に出かけた。

集まったのは宮崎治夫妻と二人のお子さん、三浦夫妻と母の和枝、三浦家菩提寺住職の西方信夫、三浦宏平の知友である整形外科医の黒羽根洋司、そして私であった。私が宴席に呼ばれたのは宮崎の話によると「伯母が亡くなった後、リビングの棚の上に一枚の写真が飾ってありました。誰だろう、鶴岡の人ではないかと思い三浦さんに尋ねて、今日来ていただきました」ということだった。

「私は茨木さんのファンというだけなのですが、親しくしていただきました」

「伯母は、鶴岡の人と、韓国の人に対しては特別な感情を持っていたのです」

「鶴岡の人で、本当によかった！」（一同笑い）

料理とお酒がすすむにつれて、宮崎は伯母・茨木のり子の晩年について語った。

「伯母は常に体調が悪く、また亡くなる数年前に大病を患ってから、どのように死を迎えたいか、死後どのようにしてほしいかを折に触れて語るようになりました。死後はひっそりと、できるだけ静かに、が伯母の固い意志でした」

デザートの水菓子が出る頃には座もくだけて、私は宮崎に日ごろ疑問に思っていたことを尋ねた。それは夫の安信をうたった詩が少ないのは、何かわけがあったのだろうかということである。

「伯母はそのことについても語っています。書いてはいるのだけれど、どうも恥ずかしくて発表できない。自分が亡くなった後に出版してほしいと言っていました。二月に亡くなってから、伯母の家を片づけたりしてもなかなか見つからず困っていました。それが六月の初め頃、それらしい詩を収めた箱がやっと見つかりました」

やっぱり茨木は夫についての詩を書いていたのだ。

伯母の詩を発見した宮崎は、伯母の思いに添う詩集として発刊したいと思いながらも、迷い、ためらい、そして決断して、二〇〇七（平成十九）年二月十七日の一周忌に、花神社より『歳月』と題して発行した。

しかし、茨木はその詩集の発表をなぜ死後としたのだろうか。


余談だが、宴席で宮崎が語った「飾り棚の上の写真」について思い当たることがある。二〇〇五（平成十七）年十月、私は友人の佐藤博子と一緒に茨木邸を訪ねた。四回目の訪問で、その日は大雨だった。約束の時間より早く着いたので雨の中、外で写真を撮ったりしていると、いつの間にか茨木が傘をさして立っていた。気配を感じて出迎えてくれたのだ。玄関で濡れた傘を広げておくようにと言われた。二本も広げると廊下を濡らしてしまいそうだったが、再三の勧めでたたきを傘いっぱいにしてしまった。

茨木は、インスタントカメラを用意して私たちを待っていた。「どうやって使うのか分かりませんの」と言って私たちを笑わせた。お互い写真を撮り合った。茨木は「構えた写真は嫌いだから、なるべく自然がいいわ」と言って、私たちに向けてシャッターを押した。茨木はこれまでになく明るい印象だった。

その後、便りを添えて写真が送られてきた。

「(前略) 当方の写真は、はじめて使った〈使い捨てカメラ〉で、いい出来ではありませんが同封申し上げます。戸村さんと佐藤さんの談笑の一枚が気に入っております。鶴岡も、もうずいぶん寒くなりましたでしょう。私は気忙しい毎日でゆっくり秋を味わうひまもなく、初冬に突入の感じです」

手紙の日付けは亡くなる三カ月前の十一月二十三日、その下に「茨木のり子代」とあった。その頃の便りは、ほとんど代筆によるものだった。

リビングの飾り棚の写真というのはその時のものか

二〇〇五年、茨木邸を訪れた著者(右)と友人の佐藤博子(左)。茨木が撮影し、送ってくれた。

もしれない。

いとまを告げて帰る時も大雨は降りやまず、駅までタクシーを使うことを何度も勧められた。気持ちが昂揚していた私は、むしろ雨の中を歩きたかった。賑やかに別れた。それから四カ月後に亡くなるなど、思いもしないで…。

いいえ、この時はどうしても会いたかった。別に用事もないのに電話をしてしまった。

「いいですよ。でも今度はどこでお会いしようかしら。今、家は遠くへの旅立ちの準備で、ごった返していますの」

電話の向こうから静かな声が返ってきた。一週間後に外国旅行にでも出掛けるようなさりげなさだった。

今思うと胸がつまる。私たちに会ってくれたのだ。不遜だと思いながらも、そう思いたい気持ちを否定できない。十月末の冷たい雨の中に立つ茨木のり子。それは一人で、降りかかる雨をよけながら、自分をまっすぐ生きた詩人の姿でもあった。

雨の中に傘をさしてすっくと立つ茨木のり子の姿は、私だけの遺影となった。

『歳月』の発行

明日が茨木のり子の一周忌という前日の二〇〇七（平成十九）年二月十六日、宮崎治から一冊の本が届いた。開けてみると果たして茨木のり子の詩集であった。

私はしばらく表紙をめくることができなかった。『歳月』と書かれた文字をながめ、その下の茨木手彫りの小さな鳩の版画を見、茨木のり子という名前を見つめていた。母の命と引き換えに生まれてきた子どもを抱くような愛しさと痛みがあった。独り暮らしの長い年月、茨木にどのような歳月が流れたのか。多くの人に生きる力を与え、魂を揺さぶり続けた詩人が書いた慟哭の詩集。本はズシリと重い。ためらいつつ開いた。

最初の詩「五月」を読む。言葉が心を刺す。「その時」の詩は、愛する余り新婚の夜にすら死別を思い震える茨木。「夢」「獣めく」では愛し合う二人の交歓を、清らかに悲しくうたう。「お経」は、夫の納骨という悲嘆にくれるはずの場なのに思わず笑いが込み上げる。三十九編の詩を、涙したり自分の今を愛しく思ったり、また生きる意味を考えたりしながら読んだ。

そこには今までの詩とは違う新しい詩の世界があった。

この詩集に対して「違和感をもった」という声がある。戸惑いを隠さない人もいた。茨木のり子の優れた評伝『清冽 詩人茨木のり子の肖像』を書いた後藤正治もその一人だ。「正直、一部の詩には戸惑うものがある。茨木が持ち味とした抑制と自省、あるいはほのかなユーモアと諧謔の味が薄れ、直截的で生々しい描写は詩の余韻を乏しくさせているようにも思えるからである」と、著書の中で述べている。

朝日新聞は「夫への愛 四〇編」と題して『歳月』の出版予定の記事を載せた（二〇〇六年・十二・四）。その中で花神社の大久保憲一の言葉「人間がこんなにも深い愛情を持っていて、それを惜しげもなく詩にできた才能に心を打たれます」を紹介している。

詩人滝いく子は「茨木さんは作品もお人柄も知的で凛としておられたが、なんと可愛い女性であったことか。その情景や思いが、いじらしいほど率直に詠われていて、愛の確かさ深さとはこういうものかと、深い感動にひたった。詩に馴染まない人にも、愛の書として一読をお勧めしたい」（「赤旗」二〇〇七・四・二十二）と書いている。

私は山形新聞（二〇〇七・三・四）に書評を投稿した。

その結びを「たくさんの詩の中に夫への愛をうたった詩が少ないことを不思議に思っていたが、今、『歳月』を読んで、慟哭の深さに涙するとともに、茨木の詩の世界が完結したことを喜んでいる」とした。

連作として読む

茨木のり子の遺稿を発見し、出版した宮崎治は「詩集を編む場合、収録する詩の順序も重要と思われる」（「Yの箱」『歳月』）と述べている。確かに、それは動かしがたい本人の思い、意図、希望などが込められているから勝手に動かしてはならないのかもしれない。しかし、一編一編は独立した詩として読まれ、好きなところから自由に楽しむことも許される。

『歳月』を繰り返し読んでいるうちに、最初の六編に限って順序を替えて連作として読んでみたくなった。『歳月』の六編は次の順序である。

「五月」
「その時」
「夢」

「四面楚歌」
「最後の晩餐」
「お経」

日時の流れに添って次のように並べ替えた。（年はすべて一九七五年）

「最後の晩餐」　三月　……入院前夜
「四面楚歌」　三月末　……病状悪化
「その時」　五月二十五日　……夫の死
「五月」　五月末　……死別直後
「夢」　七月十一日　……四十九日法要前夜
「お経」　七月十二日　……納骨・四十九日法要

——〈最後の晩餐〉………入院前夜

最後の晩餐

明日は入院という前の夜
あわただしく整えた献立を
なぜいつまでも覚えているのかしら
箸をとりながら
「退院してこうしてまた
いっしょにごはんを食べたいな」
子供のような台詞にぐっときて
泣き伏したいのをこらえ
「そうならないで　どうしますか」
モレシャン口調で励ましながら

まじまじと眺めた食卓
昨夜の残りのけんちん汁
鶏の唐揚げ
ほーれん草のおひたし

我が家での
それが最後の晩餐になろうとは
つゆしらず
入院準備に気をとられての
あまりにもささやかだった三月のあの日の夕食

茨木が金子光晴について書いたエッセー「最晩年」(『現代詩手帖』「追悼特集・金子光晴」一九七五年九月、思潮社)に、安信の病状についての記述がある。

一九七五（昭和五十）年四月十八日に、山本安英の会主催の「ことばの勉強室」があった。金子光晴、谷川俊太郎、茨木のり子の鼎談が企画されていて、茨木は金子を自宅まで迎えに行った。タクシーの中で何の脈絡もなく金子が言った。病気見舞いに行くとケロッとしているのはたいてい治るが、ほろほろ泣いたりするのはたいてい死ぬと。

茨木はどきりとした。夫は三月に糖尿病と肝機能障害のために入院し、三カ月で退院できるというのになぜか涙もろくなった。嫌な予感が広がった。

その翌日の四月十九日、安信の容態が急変した。肝硬変の疑いが出てそれが確実となり、「おそろしい地獄を共に闘ったが、アッという間に逝かれてしまった」のだ。その一カ月後の六月三十日には、金子光晴の訃報が届いた。

詩「最後の晩餐」に難しい言葉は何もなく、読めば状況がわかり、情景が浮かび、心の震えが伝わってくる。この詩には、平易な言葉を遣って深い想いを伝えるという茨木の詩の良さが、遺憾なく発揮されている。中でもすばらしいのは詩の題だ。「最後の晩餐」から、誰もがダ・ビンチの、受難の前夜、イエスが十二使徒と共に食事をしている名画を思い浮かべる。私はその壁画の宗教的な意味は分からないが、人間の永遠の痛みと哀しみが象徴的に描かれているのを感じる。茨木のり子のこの詩を読む時、ダ・ビンチの壁画が二重写しとなり、幸せな日常が思いがけず断ち切られてしまった受難と悲哀がいっそう身に迫って感じられる。

——〈四面楚歌〉……病状悪化

四面楚歌

虞《ぐ》や虞《ぐ》や若《なんじ》を奈何《いかん》せん

漢文の先生が思い入れたっぷりに
朗読した項羽《こうう》の詩を
多感な高校生であったあなたは

感に堪えて聞いたらしい

四面楚歌　項羽ほろぶるのとき
窈窕《ようちょう》たる寵姫　虞美人を
どうしたものかと千々にこころ乱るるのうた

お酒に酔っていい御機嫌
先生の声色よろしく二度ばかり
くちずさんだのを聞いている
癌細胞の四面楚歌のうち
去来しなかったでしょうか
あなたの脳裡を
鬚づらの項羽の詩

いくらうぬぼれても
虞美人なんぞには擬《なぞら》えられず
桜吹雪の頃でした
〈ぐ〉は〈ぐ〉でも
愚《ぐ》や愚《ぐ》や若《なんじ》を奈何《いかん》せん
守ってきてくださったわたくしを
案じる思いが　あなたの眼のなかに
ゆらめいていたような

季節は「桜ふぶきの頃」の三月末。力なく病床に横たわる夫を見つめる妻。去来するのは元気で幸せだった日常の一コマである。あの時、「酒に酔っていいご機嫌」の夫は、高校で学んだ漢詩「四面楚歌」を口ずさんだ。

「四面楚歌」――楚の国の項羽が垓下の戦いで、漢の劉邦の軍に囲まれ、夜更けて四面の漢軍の中から盛んに楚の国の歌がわき起こるのが聞こえてきた。項羽は我が運命はこれまでと滅びる時を覚悟しながら「虞や虞や汝を如何にせん」、項羽は愛する虞美人を、どうしたものかと千々に心を乱すという漢詩である。

家族にとって病み衰えていく人を介護する日々はつらい。不安と心細さ、そして疲労。しかし、死に行く者も辛く切ないのだ。死の恐怖、肉体的苦痛だけでなく、後に遺る愛する者への気がかりで、胸が締め付けられる。

歌人、吉野秀雄（一九〇二〜一九六七年）は、妻はつ子が一九四四（昭和一九）年八月に亡くなる時の思いを次のように詠んだ。

生きのこるわれをいとしみわが髪を撫でて最後（いまは）の息に耐へにき

はつ子はその時、こう言ったという。「あなたは黙っていても子らの面倒をみてくれるに違いないからいまさら改めて四人の子らをよろしくたのむなどはおかしくていえない」、「これから戦争がはげしくなる一方の、この世に生きていかなければならぬあなたや子らは、死んでいく自分よりもはるかにつらいだろう。どうかしっかりやってくださ

い」。（「前の妻、今の妻」『婦人公論』昭和四十年五月、中央公論新社）

死にゆく者の胸に去来するのは、生きて苦しみの時、哀しみの年月を送ることになる、愛する人のこれからである。

――〈その時〉……死のおびえ

その時

セクスには
死の匂いがある
新婚の夜のけだるさのなか
わたしは思わず呟いた

どちらが先に逝くのかしら
わたしとあなたと

そんなことは考えないでおこう
医師らしくもなかったあなたの答

なるべく考えないで二十五年
銀婚の日もすぎて　遂に来てしまった

その時が
生木を裂くように

「その時」の最初の二行は、これまでの茨木のり子の詩を思うと衝撃的だ。新婚の夜、全身に満ちる幸せのなかで妻は怯えている。「どちらが先に逝くのかしら」。

夫は妻の怯えに気が付かない。しかし、茨木はそれ以後も時々その不安に襲われる。「なるべく考えないで」ということは考えているということだ。父との別れの哀しみをうたった詩「花の名」（『鎮魂歌』）に、次のような詩句がある。「物心ついてからどれほど怖れてきただろう／死別の日を／歳月はあなたとの別れの準備のために／おおかた費やされてきたように思われる」

愛する人を失うかもしれないという怯えは、十一歳の時、突然母を亡くしたことに起因する。母の死は子どもにとって天地がひっくり返るほどの衝撃であった。子どもの頃のトラウマから、父や夫に抱く死別の恐れを拭い去ることができなかった。

ところで、「セクス」とは性愛、肉体の愛のことであるが辞書にはない。この言葉はどこからきているのだろうか。

森鴎外の「ヰタ・セクスアリス」という自伝的小説がある。この小説は金井という主人公の六歳から二十一歳までの性についての目覚めと性欲などについて書かれている。一九〇九（明治四十二）年に発行されたが、すぐに発禁処分となった。題のヰタ・セクスアリスとは性的生活という意味である。

茨木は十五歳の時、女学校の図書館でたまたま手にした森鷗外の『阿部一族』を読んで、「これが散文というものか」、「この文章全体の香気はいったいどこから発散されてくるのだろう?」(「散文」『一本の茎の上に』筑摩書房)と強烈な印象を持った。以来、鷗外の作品を多く読んでいるので、性愛を表す言葉として、『ヰタ・セクスアリス』をヒントにしたと思われる。
「セクス」という言葉は柔らかく、汚れていない。

——〈五月〉………夫の死の直後

五月

なすなく

傷ついた獣のように横たわる
落語の〈王子の狐〉のように参って
子狐もなしに
夜が更けるしんしんの音に耳を立て
あけがたにすこし眠る
陽がのぼって
のろのろと身を起し
すこし水を飲む
樹が風に
ゆれている

夫、安信は一九七五（昭和五十）年五月二十二日、肝臓癌で死去。

「二十五年間を共にして、彼が癌で先年逝ったとき、戦後を共有した一番親しい同志を失った感が痛切にきて虎のように泣いた」（「はたちが敗戦」）。

「五月」は、夫の死の直後の想いである。

詩の一～二行目、泣きに泣いて力も失せ、深手を負った瀕死の獣のように横たわる姿が痛々しい。詩のほぼ中央の詩句「夜が更けるしんしんの音に耳を立て」、宇宙の暗闇の果てに一人投げ出されたような恐ろしい孤独と寂寥。それは愛する人を失った者の心に押し当てられた残酷な焼印である。爽やかに強くまっすぐ自分の思いを言葉にして、読む人を励ましてきた詩人である。その人が今、愛する人を失うということはこういうことだと自分をさらけ出している。

しかし、生きることへのかすかな希望がある。「なすなく」と静で始まった詩が、「ゆれている」と動で結ばれている。「水を飲む」に、微かに残っている生への意志と、「樹が風に／ゆれている」に、立ち上がりを予感させる微かな明るさと望みがある。

人はどのような絶望の中にいてもどこかで生きる意志が働く。

――〈夢〉………納骨・四十九日法要前夜

夢

ふわりとした重み
からだのあちらこちらに
刻されるあなたのしるし
ゆっくりと
新婚の日々よりも焦らずに
おだやかに
執拗に
わたくしの全身を浸してくる
この世ならぬ充足感

のびのびとからだをひらいて
受け入れて
じぶんの声にふと目覚める

隣のベッドはからっぽなのに
あなたの気配はあまねく満ちて
音楽のようなものさえ鳴りいだす
余韻
夢ともうつつともしれず
からだに残ったものは
哀しいまでの清らかさ

やおら身を起し
数えれば　四十九日が明日という夜

あなたらしい挨拶でした
千万の思いをこめて
無言で
どうして受けとめずにいられましょう
愛されていることを
これが別れなのか
始まりなのかも
わからずに

茨木は安信の長兄、光彦夫妻と相談して、四十九日法要を夫の納骨の日とした。四十九日とは、人の死後四十九日間のことをいう。俗にこの期間は死者の魂がさまよっていると言われ、死者を追善する最大の法要を営む仏事である。

古代において、自分が恋しいと思う相手が夢に現れるのではなく、自分に逢いたいと思う相手が夢に出てくるという考え方があった。四十九日法要の前夜に安信の霊が訪れた。妻の悲嘆が気がかりで宙を漂っていたのかもしれない。妻は夫の愛撫を「あなたらしい挨拶」として、「のびのびとからだを開いて」受け入れる。表現は直截で具体的である。夫の「挨拶」は、茨木の心と体を柔らかく解き放った。

喪主として、四十九日をしっかり執り行わなければならない。

――〈お経〉………救い

明けて七月十二日、安信の納骨法要が鶴岡市加茂の浄禅寺で行われた。墓は日本海を望む小高い山の中腹にある。欅と大イチョウに守られ、春には枝垂れ桜が墓地をいろどる。

沿革史によると、正式名称は浄土真宗本願寺派西栄山浄禅寺という。一四七四(文明六)年、室町時代に蓮如上人の弟子寂蔵坊が草庵を結んだ。江戸時代に酒井藩より許可を受け現在地に移った。当時の加茂の浦は帆船の寄港地として酒田港に次ぐ重要な商港であった。一六七二（寛文十二）年に本願寺より浄禅寺の寺号をうける。

旧鶴岡市内と加茂の盆は七月十三日である。前日の十二日に納骨を済ませておけば盆に間に合う。三浦家の先祖代々の霊が還って来る日である。

お経

ふるさとのお墓に入るとき
寺でお経があげられた
僧二人　揃いも揃った音痴であって
朗々と声張りあげればあげるほど
調子はずれて収拾つかず
集った親族は笑いをこらえるのに苦しむ
く　く　く

切ない鳩のような声が洩れ
さざなみのようにひろがってゆく
さすがに私は笑えないが
同情は禁じえない

日本海に面した海のみえる寺
子供の頃からあなたの慣れしたしんだ寺
きけば僧の一人は中学時代の先輩とか
こんなお経はめったに聴けるものじゃございません
なによりも威風堂々がよろしくて
なつかしいひとびとの忍び笑いにつられて
いちばん笑ったのは
音感の鋭いあなただったかも……
そんな姿が見えるようで

「なんとも不謹慎なことでした」
「失礼をば……」
あとで皆に謝まられたけれど
「いいえ、ちっとも……」
ひぐらしがいい声で鳴いていた

何かが吹っ切れたような感じの伸びやかで明るく楽しい詩だ。威風堂々の僧二人の音痴ぶりのおかしさ、笑いをかみ殺す親族の屈託のない姿。彼らを見る茨木のまなざしの温かさ。場所も「日本海に面した海の見える寺」と、広々としている。茨木には前夜の夫の「挨拶」を受け止めた充足感がある。夫の愛を心身に感じて、「お経」の詩の解放感が生まれたものか。「五月」の詩に始まって、暗く、哀しく、悩ましい詩が続いた。私たちはこの「お経」でやっと茨木らしい、明るくユーモラスで広々と前を向いている詩に出会う。

私の生家は大谷派浄土真宗の寺で、経はもの心つく前から朝な夕な耳にしていた。というより体に染み込んだ朗唱である。何を言っているのか、どんな意味なのかさっぱりわからないが。僧は煩悩多い人間を救うために、仏の説法である経を称える。二人の僧は、多少調子は外れていたようだが読経によってそこに集う満座を哀しみの淵から救った。この僧が正統に朗々だったら、茨木はみんなの前で涙ハラハラ、親戚一同頭《こうべ》を垂れてハンカチを濡らしたかも知れない。この世に遺された人々のみならず、「いちばん笑ったのは／音感に鋭いあなただったかも…」と、死者をも慰めたようだ。

二人の僧は、はからずも高僧もなし得ぬ尊いお勤めを果たしたのである。このように考えるのは仏教を愚弄する不敬、不謹慎な輩なのだろうか。

現浄禅寺住職の西方信夫によれば「僧二人」は西方の両親とのことである。母は得度（剃髪して仏門に入ることをいうが、浄土真宗では男性女性を問わず、一定の条件のもと僧職の資格を得ること）をして、父とともにお勤めを果たすこともあったと話す。

ちなみに、西方は茨木のり子の詩の中ではこの「お経」が一番好きだと胸を張る。

愛する夫が眠る鶴岡市加茂の浄禅寺
後に茨木のり子もこの地に永眠した

「栃餅」と「橇《そり》」を読む

詩集『歳月』の冒頭六編に引き続き、安信への想いが鶴岡と結び付いている詩を他に二篇選んだ。

一つは安信が子どもだった時のエピソードから生まれた詩。もう一つは新婚当時の冬、鶴岡駅から安信の生家を目指して橇を走らせた幸せな思い出から始まる詩だ。

――〈栃餅〉　……………「五歳のときのあなた」

夫、安信が亡くなった後、茨木は庄内を訪れると、山を見ても海を見ても夫が偲ばれてつらいと義姉の和枝に書き送ったが、小さな栃餅にさえ夫の深い思い出が凝縮されている。詩は五歳の時の安信のエピソードから始まる。

栃餅

お爺さんはどこへ行った
お爺さんはどこへ行った
深山幽谷の沈黙におびえ
小さな子は
天地も裂けよと泣き叫んだ

お爺さんは泉に
山ふところの泉に
忘れた煙管《きせる》をとりに行った
戻ってきても
火のついたジタバタは収まらず

折角の山菜とりもだいなし
泣ぐな
泣ぐな
となだめかね
山をくだる

ふもとの山湯におりてきて
一軒の駄菓子屋で
栃餅一個買い与えたら
難儀よのう
ようやくぴたりと泣きは収まる

絣を着て泣き叫んでいたのは
五歳のときのあなた

栃の実を粉に挽いて皮になし
餡をくるんだ薄茶いろの餅
餅ひとつにたやすくたぶらかされて
温海《あつみ》という温泉に泊るとき
包んでもらわれずにはいられない
駄菓子屋や朝市で
栃の香のほのかにただよう
みちのくの鄙びた餅の　幾つかを

ある時、安信は子どもの頃、お爺ちゃんと山菜取りに行った話をした。妻の前では庄内弁を隠さない。「ここで、ちょっと、まっでれ」と言って、お爺ちゃんはどこかに行ってしまった。山の中に一人残されて怖くなって、「おじいちゃん、どごさ　いったぁ?」と大泣きした。お爺ちゃんが帰って来て「なぐな、なぐな」となだめた。茨木は、栃餅一つでケロリと機嫌が直った子どもと、夫の庄内弁がおかしくて大笑いしたのだろう。二人の穏やかで幸せな日常生活が浮かんでくる。

子どもの泣き方は状況によって変化する。最初、山の中に一人残された恐怖と怒りで大泣きした。お爺さんが帰って来ると怒りと抗議で泣いた。山を下りながら泣き声は少し弱まり、一方で泣き止むタイミングを探し始める。茨木の詩に「怒るときと許すときのタイミングが／うまく計れないことについて／まったく途方にくれていた」（「怒るときと許すとき」『見えない配達夫』）というのがある。子どもだってそうだ。泣き止むにはタイミングが必要だ。この場合、それがたまたま栃餅だった。泣き止んだ孫にお爺さんはホッとしながら「難儀よのう」、〃子どもはよういでねもんだ〃と独りごつ。表現としての言葉にはないが、子どもとお爺さんの心の動きが読み取れる。子どもらしい、愛らしい話である。「五歳のときのあなた」を想像する茨木の目に母のようなやさしさが感じられる。と同時に、茨木の寂しさが余韻として残る。

ところで、栃餅は鶴岡では人気の菓子の一つである。あちこちのお菓子屋でその店特製の栃餅を売っている。売り切れ御免の栃餅専門店もある。そこは地元の栃の実を使って自分の家で実の皮をむき、水にさらして灰でねかし、餅米と一緒にふかしてつくという昔ながらの手法で作っている。中は二人も立つといっぱいになる小さな店である。

鶴岡市内にある
栃餅専門店
「坂田屋」と栃餅

鶴岡市大山在住の写真家、太田威の『トチの木の1年』（福音館書店）という本がある。大地にどっしり根を張って空に緑の枝を広げた栃の木の表紙がすばらしい。内容は山で四季を生きる栃の木の一年と、栃餅ができるまでを写真と文で紹介した本である。

栃の木の葉が茶色になる秋に、熟した実はひとりでに落ちる。山里のおばさんたちがその実を拾い、中の虫を殺すために水に漬ける。ムシロに広げて干し、保存する。餅にするにはまたひと手間かける。皮をむき、流れ水に漬けてあく抜きをする。木灰を入れてぬるま湯でゆでながらかき混ぜる。その中で二、三日実を寝かせる。水洗いして餅米と一緒に蒸して、杵でよくつく。つきあがった餅をまるめると「茶色にかがやくトチもちのできあがり」だ。

太陽と水と山の澄んだ空気が栃の実を育て、その実が人間の命の糧となるよう、山里の人びとが根気よく丁寧に手を加える。私たちは栃の木の精を食べているのだ。

茨木のり子の愛した鶴岡の栃餅である。

――〈橇〉………死の世界の幻想

バスや自動車がなかった時代、雪国では橇が生活の必需品だった。荷物を運ぶ馬橇、人を乗せる橇（医者の往診用橇、裕福な家の自家用橇、タクシー代わりの橇）、子どもの遊び用箱橇など。

次の詩は一九五五（昭和三十）年頃の鶴岡である。バスも車も走っていたが数も少なく、駅にはまだタクシー代わりの橇も出ていた。

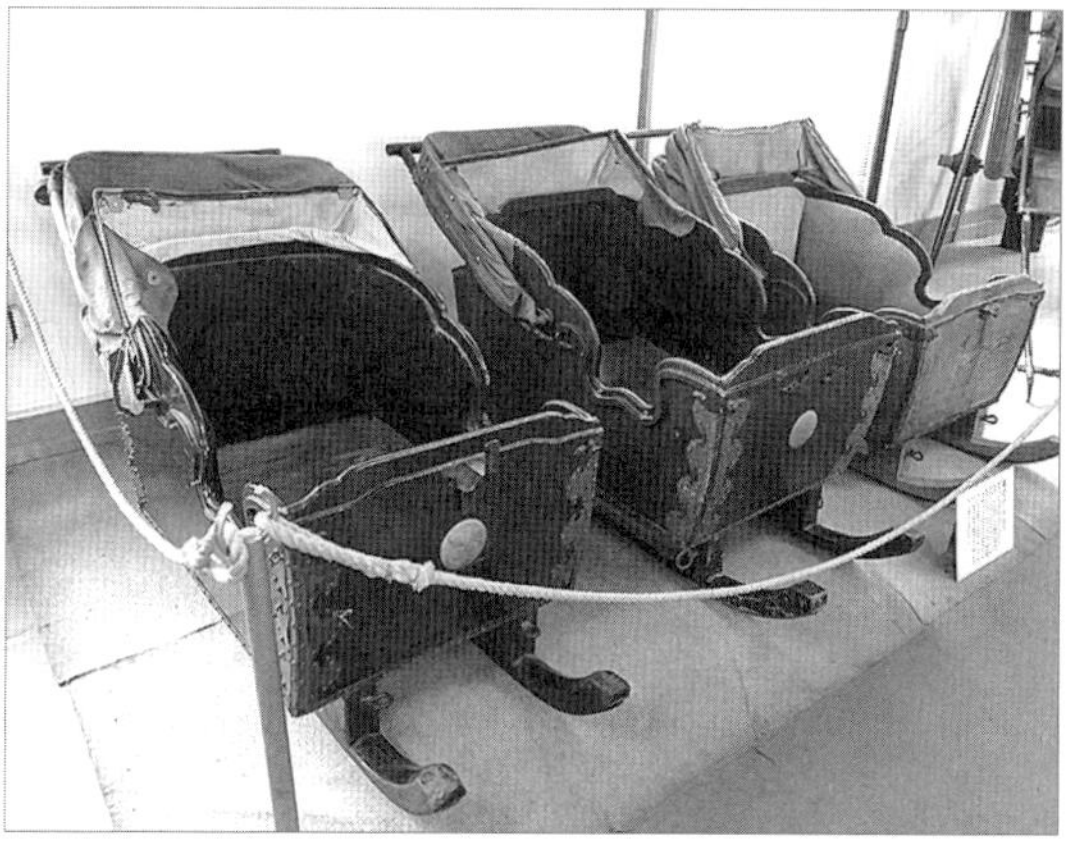

致道博物館展示

昭和三十年代まで鶴岡で使われていた箱橇

橇《そり》

駅に
降りたったとき
あまりにも深い雪で
バスも車も見当たらなかった
一台の橇をみつけて頼み
あなたはわたしひとりを乗せて
家までの道のりを走らせた

この雪国が
あなたのふるさと
老いた父母《ちちはは》のいます家
そこに至る道のりは遠かった

家々は硬く戸を閉し
静まりかえっている
雪はすでにやみ
蒼い月明のなかを
ひたばしる橇
かたわらを走るあなたの荒い息づかいと
二匹の犬の息づかい
馭者の黒いうしろ姿

あれから二十年も経って
今度はあなたが病室という箱橇におさまり
わたしはひたすら走った
あなたに付き添って　息せききって
あの時もし

わたしが倒れていたなら
いっしょに行けたのかもしれない
あとさきも考えずに
なにもかもほったらかして
二人で突っ走れたのかもしれない

なぜ　そうならなかったのだろう

この世から　あの世へ
越境の意識もなしに
白皚皚《はくがいがい》の世界を
蒼い月明のなかを

昭和三十年頃、安信の生家へ帰省した折のこと。二人は夜遅く鶴岡駅に着いた。バスも車もなく、安信が橇を見つけてきた。駅から元曲師町（現本町三丁目）の長兄、三浦光彦宅まで約二キロ。犬橇が走った道を当時の町名でたどってみる。近道はあるが遅い時刻の雪道なので、大通りを想定しての町名である。駅から日和町を経て山王神社、荒町の灯を落とした商店街を走り大泉橋を渡る。内川添いを下肴町、五日町、三日町、一日市、七日町、内川に架かる神楽橋を渡って上肴町に入る。渡るとすぐ左折した小路が元曲師町で、安信の生家・三浦医院があった。当時は城下町にふさわしい町名が並んでいたが、現在は本町一丁目〜三丁目とそっけない。利便性ばかり追う世の中である。

雪国は茨木のり子の好きな世界だ。蒼い月明の中、冴え冴えと澄み渡る世界に二人在る喜び。橇の中ののり子は夫の愛に守られて、至福のひとときであった。

それから二十年経った一九七五年、夫は重い病に就き、看病むなしくあっという間に一人あの世へ走り去ってしまった。茨木の嘆きは深い。「あの時もし／わたしが倒れていたなら／いっしょに行けたのかもしれない」。

結果的には一緒に行けず、茨木は自問する。

「なぜ　そうならなかったのだろう」と。

夫が亡くなった時、茨木は四十八歳であった。この問いに、茨木はどのような答えを持っていたのだろうか。何も語らず、ただ夫と共に行きたかった世界を詩の終わりの四行で示すだけである。「この世から　あの世へ」「白皚皚の世界を／蒼い月明のなかを」ひたすら橇を走らせる。この死の世界の幻想は、若い時の幸せだった鶴岡での実景である。茨木は、幸せと死は表裏一体と考えていたようだ。思い浮かぶのは、詩「その時」（『歳月』）の一文である。「新婚のけだるさのなか／わたしは思わず呟いた／どちらが先に逝くのかしら」。

それから時を経た二〇〇六年の真冬の二月、茨木は安信が迎えに来た橇に乗って、突然あの世へ旅立ってしまった。夫に会えた恍惚の喜びを胸に。

庄内の月の冴える真冬の空に、天かける二人の橇が、時に見えるような気が……。

詩の世界の完結

書きためていた夫への愛の詩集の発行を目指して、茨木が本腰で取り掛かったのは一九九九（平成十一）年以降と思われる。その根拠について述べたい。

この年、詩集『倚りかからず』が刊行され、ベストセラーとなった。詩集の中の同名の詩「倚りかからず」は、「じぶんの耳目／自分の二本足のみで立っていて／なに不都合のことやある」と自立して生きることを誇り高くうたい、人々の強い共感を得た。社会が一つの方向に流されるような危機感があったからか。

朝日新聞（一九九九・十・十六）・天声人語は「精神の背骨がぴんと伸びている。日本語が、みごとに結晶化している。むずかしいことばは、一つもない。だから、よくわかる。わかるから、圧倒される。（中略）詩集に盛られた作品は十五編。決して叫ぶことなどなく、とても静かに、読む者の心をつかみ、えぐる」と書いた。

ベストセラーとなったことは本人にとって意外であったらしいが、自分の想いを〝むずかしい言葉を遣わないで分かり易い詩にする〟ということが実を結んだという評価は何よりうれしかったに違いない。詩人としての一定の達成感と充実感があったはずだ。

前年の一九九八（平成十）年は、前述した鶴岡市立温海中学校の校歌が完成した。そしてこの年の十二月、合併する以前の鶴岡市制施行七十五周年を記念して、混声合唱組曲「はじめての町」が発表された。母と夫のふるさと庄内に、このような形で貢献できたことを茨木はうれしく思った。

一九九九年は、茨木のり子の詩人生の一つのゴールの年だったといってもいい。

一方でその頃から体のいろいろな不具合が加速している。

自分のバセドウ病をうたった「ピカソのぎょろ目」（『倚りかからず』）は七十代初めである。その後、「脳動脈瘤が見つかった」（「精密で静謐な時限爆弾」宮崎治・「六月の会」会報五十号）。さらに二〇〇〇（平成十二）年の四月には、大動脈解離のため東京都小平市公立昭和病院に入院した。同時に乳がんも発見されて手術した。このように次から次へと大病を患っている。また二〇〇二（平成十四）年には弟の英一が、二〇〇三年には川崎洋が、二〇〇四年には石垣りんと、愛する人たちが立てつづけに彼岸に旅発った。死の怯えはなくなり、代わりに死の誘惑に囚われる。「死にたい」などと言って親しい人たちを悲しませた。

次のようなエピソードがある。

二〇〇〇年三月、眼を患った茨木を心配して、茨木の弟・英一の長男で医師をしている宮崎仁が、当時、聖路加病院の眼科医であった草野良明を紹介した。診察と検査の結果、複視と初期の緑内障ということが判明した。草野は失明するような可能性は少ないものの、先々のために緑内障の進行を抑える治療を提案した。すると茨木は「私はあまり長生きは望んでおりません。目も大事に至らない程度に診ていただければ結構です」といった。将来病状が悪化するなどの説明を聞けば、たいていの患者は治療する道を選ぶが、茨木は治療で永らえたいとは本当に思っていないと草野は感じたという。(「茨木のり子 六月の会」会報三十八号より)

茨木は、これまで書いてきたすべての詩をジグソーパズルに例えているが、体調がよい時には命の射程距離を計りつつ、詩の世界のジグソーパズルの仕上げに取り掛かった。それは夫への愛の詩を書くことだった。家でも外でも湧いてくる安信の思い出を切り取って詩にし、書きためていた詩を推敲した。亡き夫と対話し、問いかけ、晩年の七十代を安信と濃密に生きた。それは茨木の生きる力となった。安信と二人在る世界を夢想する時だけ、茨木は孤独と寂寥を忘れ、喜びの世界に浸ることができた。

最晩年の茨木のり子は、体の不調や気力、体力の衰え、強い死の誘惑とたたかいながら、最後の詩集の完成に全力をかけた。ジグソーパズルを仕上げたい、ジグソーパズルに眼を入れなければと、蓋に「Y」と記した箱を用意し、一篇ずつ収めていった。何度も推敲し、詩集の形に編集し、また訂正した。

本当はまだまだ書くつもりだった。

二〇〇六年二月十七日の突然の死が訪れなければ。

誰のために書くのか

私たちは生きている限り、愛する人を失う哀しみから逃れることはできない。

茨木のり子の場合、夫の死のショックから立ち上がれないでいる一カ月後に、敬愛する金子光晴の訃報が届いた。追い打ちをかけられた哀しみを「五月末と六月末とに、二つながら消え失せてしまい、もう二度と接することができないのだという思いは、足元のぐらつくほどの哀しみである」と述べている（「最晩年」『現代詩手帖』）。

愛する人を亡くした人の「二度と接することのできない」喪失感と寂しさを、痛みを持って共感する人は多いだろう。また「足元のぐらつくほどの哀しみ」に、地に倒れ伏し号泣する人も無数である。

『歳月』の中の「古歌」という詩に出会った時、あァ、という哀しみとも喜びともつかぬ思いがけない感動があふれてきた。

古歌

古い友人は
繃帯でも巻くように
ひっそりと言う
「大昔から人間はみんなこうしてきたんですよ」

素直に頷く
諦めきれないことどもを
みんななんとか受けとめて
受け入れてきたわけなのですね

今ほど古歌のなつかしく
身に沁み透るときはない

読みびとしらずの挽歌さえ
雪どけ水のようにほぐれきて

清冽の流れに根をひたす
わたしは岸辺の一本の芹
わたしの貧しく小さな詩篇も
いつか誰かの哀しみを少しは濯《あら》うこともあるのだろうか

『歳月』には三十九篇の詩が収められている。茨木は夫恋しさを高らかにうたった。愛おしさを涙ながらに書いた。だれもが秘しておきたい夫婦《めおと》の愛も。夫への愛を生活の隅々にわたってこれほど丁寧に率直にうたいあげた詩人はいただろうか。

「古歌」を読み終えた時、一人の女が心を裸にして夫を想う詩を書き続けたのは、誰のため、何のためであったのか、切なく胸に込み上げてきた。自分が古《いにしえ》の歌の数々によって慰められ癒されたように、自分の詩もまた「いつか誰かの哀しみを少しは濯《あら》うこともあるのだろうか」と慎ましく、しかし強い矜持を持ってうたっている。

私は茨木のり子の『歳月』に寄せる張り詰めた想いを感じて心が震えた。

愛に胸つまらせ、哀しみにのたうつ総ての女に捧げた詩、それが『歳月』である。


ところで、私の疑問がまだ二つ残っている。

一つは死後に出版された『歳月』は、茨木が願ったようにジグソーパズルにうまくはまったのか、「心臓」や「画竜点睛」の役割を果たしたのかということである。

答は、〝もちろん〟である。

茨木の生前発表された多くの詩を、大まかに三つに分類してみる。一つ目は人生を積極的・肯定的にとらえる明るくユーモラスな詩。二つ目は戦争を否定し、現代社会を批判的にみたり、抵抗する姿勢を保ち続ける詩。三つ目は郷愁、寂寥、孤独感の漂う詩である。それらで構成されたジグソーパズルの心臓部に、詩歌の根源的なテーマである「愛」がはめ込まれた。そして、茨木のり子の詩の世界は完結した。

混沌とした時代を生きていくためには、心を柔軟にし、言葉に対するセンスを磨き、鋭敏なアンテナを高く掲げる必要がある。茨木の詩の世界はまさに時代が求める揺るがぬ言葉の花園である。が、中には歯に衣着せぬ毒の花も咲いているようだが。

詩の世界には季節を問わず新鮮なとりどりの花が咲いている。入り口は自由で、好みの花の咲いているところへ入ればいいのである。

もう一つの疑問は
夫への愛の詩集を
なぜ死後の出版としたかということでしたね。
それは、わかるでしょう?
茨木のり子は
「頼りない生牡蠣のような感受性」*を持った
「年老いても咲きたての薔薇」*のような
シャイな詩人だったからです。

（*「汲む」より『鎮魂歌』）

Former Nishitagawa District Office
旧西田川郡役所に展示

Chido Museum collection

終章　「母のくにの言葉が私は好きで」

茨木のり子の眠る寺は四季の変化が美しい。春には鳥の声が響き渡り、辛夷や枝垂れ桜が墓地を彩る。木に咲く花たちもいいが足元の一輪草や小菊も可憐だ。秋が過ぎて冬になると、日本海は波濤激しく吹き荒れ、海辺の家々を襲う。茨木には、まだ十一回目の冬である。

茨木は、詩集の他に何冊かのエッセー集や詩の評論集なども発刊している。私はすっきりした文体の散文も好きだ。ユーモアとペーソスがあり、時代の様相を考えさせてくれる。

「東北弁」（『言の葉さやげ』）は、私が本当の意味で茨木のり子と向き合うきっかけとなったエッセーである。「母は東北人」で、「鶴岡市から二里ばかり離れた在」の出身とあり、興奮した。

今、終章を書くにあたって再びこのページを開いている。道に迷いながら、また休憩の多い旅だったが、ゴールは「東北弁」の次の文章である。

「母のくにの言葉が私は好きで、自分の育った三河弁よりもはるかに好きで、いつまでも味方のつもりでいるのだが」

庄内弁は茨木にとって母語である。三河弁は大っぴらに馬鹿にされることはないが、東北弁、東北人は昔からなぜか嘲笑の対象にされてきたので「三河弁よりもはるかに好きで」は、茨木の判官びいきとして三河の人たちには大目にみてもらいたい。「東北弁」の概略は次のとおりである。

このエッセーを書いた一九七〇年当時、山形県や仙台出身の有名人がずうずう弁で嘲笑されていたこと、また明治維新時に東北のいくつかの藩が賊軍となって討伐され、勝ち組から侮蔑されたこと、茨木が岩手の平泉を旅して、藤原三代が花開かせた濃密な文化に感動したことなどである。その藤原氏が自らを「東夷《とうい》の遠酋《えんしゅう》」などと卑下したことに対しては「いただけない」、もっと自信満々でいるべきと叱咤激励している。

平安末期、陸奥《みちのく》で安倍頼時・貞任一族が反乱を起こした。捕虜となった安倍宗任が都へ連れてこられ、庭先に引きすえられた。公卿たちは彼を馬鹿にして、梅を指し「何の花だ」と問う。その時宗任は、和歌で即答する。

わが国の梅の花とはみたれども大宮びとは何といふらむ

宗任の、都人をぎゃふんと言わせた堂々たる反骨精神と風雅なたしなみに、茨木は「お見事！」と膝を叩かんばかりである。

そして再び文章は庄内弁にもどり、庄内弁は「世界で一番美しいと言われているフランス語に似ているのなら、音だけとれば東北弁は日本語のなかでも、もっとも優雅だということになりはしないか」と、時を超え国境を飛んで論じている。その東北への「味方」ぶりには地元の私でも、えっ、そこまで言う？　と笑ってしまう。

「母のくにの言葉」と言いながら、茨木の脳裡に浮かぶのは言葉も含めた東北の人々であり、時の権力に屈服させられてきたその歴史である。人々は圧政の下で独自の文化を築き、風土から生まれた言葉を大切にし、雪に耐えて営々と暮らしを営んできた。茨木はそのような東北を愛し、権力の不当な差別や抑圧を許さない。それは、自らの依って来たる先祖が深く北の国に根ざしているからでもあろう。

茨木が亡くなってから五年後の二〇一一（平成二十三）年三月十一日、東日本大震災と福島の原発事故が起きた。それからさらに七年経つが、復興は二年後のオリンピックの勢いに押されてますます影が薄い。また原発事故による放射能被害は福島の人々のみならず、日本全土に深刻な問題を投げかけている。使用済み核燃料のゴミ処理場となっている青森県六ヵ所村も含めて、中央の政治、経済界の人たちから見れば、東北は未だに「白河以北一山百文」なのだろうか。

二〇一六年秋、沖縄県のヘリパッド移設工事の現場で、抗議活動をしていた市民を、本土から派遣された機動隊員が「土人」、「シナ人」とののしった。沖縄・北方担当相は「差別であるとは個人的には断定できない」と発言して批判を浴びた。沖縄県も本土から差別、蹂躙されてきた長い歴史がある。差別に敏感な茨木のり子のアンテナは、きっと大きく揺れたはずだ。

「母のくにの言葉」には、懐かしく温かな響きがある。

私の「母のくにの言葉」は、生まれた村（現大石田町）の言葉である。中学校を卒業するまで村内が生活圏だったので、村の言葉でこと足りた。高校は山形市に通ったので山形弁である。言葉は同じ県内でも市町村単位で微妙に違う。大学は京都で、いきなり関西弁に取り囲まれた。主流は関西訛だったが、山陰、山陽、四国、九州の「母のくにの言葉」が入り乱れていたので、東北訛の京都弁を笑われたことも、恥ずかしく思ったこともない。卒業して庄内の高校に赴任した。以来五十年、庄内弁の中で暮らしている。自分の言葉の遍歴は、それぞれの方言を遣う人々との交わりを通して世界を広げてきた証である。今振り返ると「母のくにの言葉」で繋がっていた全ての人が懐かしい。

茨木のり子は「母のくにの言葉」を素材にして、本書に引用した「答」、「わたしの叔父さん」、「訛」などの詩を書いた。また、詩人となった遠因を、母の遣う言葉のおもしろさにあったのかもしれないと言っている。子どもの頃の「母のくにの言葉」が、現在の自分の中に脈々と流れていることを深く見つめている。

茨木が「わたしが一番きれいだったとき」とうたった時代、国は人心を奮い立たせるために言葉の多くを製造した。「欲しがりません。勝つまでは」「贅沢は敵」「玉砕」などなど。逆に戦争の遂行を邪魔する言葉はいっさい禁じた。マスコミはすべて軍部に絡めとられ、国民を欺く虚偽の報道を流し続けた。現代も少しずつ用心して聞き、発言しなければならない雰囲気が生まれている。

その点、「母のくにの言葉」は、いい。国の介入を許さない「わたし」の言葉だ。野を吹き渡る風のように、砂浜で貝を遊ばせる波のようにやさしく自然で心に染み透る。それが、今の子どもたちはテレビの影響か共通語を遣い、「母のくにの言葉」を話さなくなった。それはもしかして、国家の遠大な計画かと勘繰りたくなる。なにしろ共通語は操りやすい。

庄内の言葉が好きで、庄内の人々を愛した「現代詩の長女」茨木のり子は、東北は鶴岡、日本海の近くに夫と共に永遠の眠りに就いている。

どこからか潮の匂いと「母のくにの言葉」が風にのって流れてくる。

庄内浜

あとがき

大胆なタイトルを付けたものである。

「茨木のり子への恋文」だなんて。全国の茨木ファンから怒られそうだ。

大阪生まれ、愛知県育ちの詩人だとばかり思っていた茨木のり子が、庄内出身の母を通して、私たちと地続きで存在していることを知ってから、のぼせてしまった。素敵な人が突然、隣に引っ越してきたようなときめきを感じ、美しい方の身元調べが始まり、その人の詩に庄内弁の匂いありやなしやと点眼鏡で調べ、やがて想い昂じて、「ひと目、おめもじいたしたく…」と、ファンレターを何通も書いた。許されると怖くなって友だちを誘って出かけた。あげく、保谷の里まであつかましく四度も足を運んだ。

憧れの君は七十代を、深く静かに生きていた。後になって知ったのだが、晩年といってもいい時期を病気と孤独とたたかい、亡夫のもとへ「急がなくては」(『歳月』)という気持ちを抱きつつ生きていた。茨木はそのようなことはおくびにも出さず、穏やかな笑みを浮かべて対応してくれた。のほほんと会話を楽しんでいた自分が情けない。

茨木のり子の母、勝は七人兄弟姉妹だったので、ここ庄内には叔父、伯母、従姉弟、その子どもや孫たちが大勢いる。また夫の三浦安信も鶴岡出身だったので、茨木は庄内の人々と深く血脈でつながっている。その方たちを訪ね、「のりちゃん」を語っていただいた。言葉の端々に、美少女「のりちゃん」が後に有名な詩人になったことを誇りに思い、尊敬し、愛していることを感じた。誰にも語りたくない「私だけののり子さん」を抱いている人もいた。貴重なお話を快くしてくださったご親戚の皆様に心より感謝している。

宮崎治氏は医師としての忙しい勤務の他に、伯母、茨木のり子の回顧展などで多忙を極めていらっしゃる。それを承知の上で序文をお願いした。そして、とっておきの旅情に込められたのり子伯母の庄内への想いを書いていただいた。宮崎氏の「序文にかえて」に導かれて書き続けた。また、資料をお借りし、全面的にご協力をいただいたことに深く感謝申し上げたい。

中川美智子さんに拙稿を読んでいただいた。中川さんは筑摩書房の元編集者で、茨木さんの数々の書籍を担当された方である。中川さんはとても励まし上手だ。二年間で三十数通に及ぶハガキはあたたかな言葉に満ち、私はパソコンの前に貼って自分を奮い立たせた。心より感謝している。

私には「茨木のり子　六月の会」の十四人の仲間がいる。本を出すと宣言してからなかなか進まない出版を、根気よく見守ってくれた。庄内から茨木のり子を発信するというこの会の活動は、私の大切な原動力である。

この本の編集と装幀を担当した長谷川結は、私の娘である。本を出そうと二人三脚でやってきた。共に喜び、共に悩んで本を完成させることができた。夫は時々体の不調を訴えながらもまずは健康で、私を見守ってくれたことが何よりの協力である。高校の国語教師だったので、折々のアドバイスは本当にありがたかった。

拙著を読んでくださった方から思いがけずたくさんのあたたかなお便りや書評、そしてご教示をいただいた。茨木と庄内・鶴岡との関わりを初めて知った、話の展開が謎解きのようで興味深かった、多くの人からの聞き取りがおもしろかった、などなど。また、この本のジャンルはなんだ？　評伝でもなし、エッセィとも言えない、ま、恋文か！と大目に見てくださった方もいた。

この度、親友の五十嵐絹子さんが再版を勧めてくれ、国土社を紹介してくださった。国土社から拙著を新版として出版する機会をいただいたこと、また内田次郎氏からは誠実な対応と適切なアドバイスをいただいことを、深く感謝申し上げたい。

読み返してみると改めて文章の拙さが目に着く。訂正できるところを訂正し、またその後、新たに寄せてくださった情報を加筆して、新版『茨木のり子への恋文』とした。拙著が、また新たな広がりの中でどう読まれるのか怖い気持ちがするが、率直なご感想、ご指摘を期待している。

恋は、いつの場合も片想いである。私の一方的な思い入れや思い込みも多々あり、「戸村さん、それはないわよ」という茨木さんの声が聞こえてきそうだが、私の一途さに免じてお許しあれ。たくさんの方たちの温かな思いに包まれて再版できたことは、私の生涯の幸せである。

二〇一八年六月二十五日

戸村　雅子

『茨木のり子への恋文』年表

西暦/和暦	のり子年齢	
		茨木のり子の父・宮崎洪が長野市の老舗の味噌醤油屋に生まれる
1905(明治38)		母・勝が山形県三川町東沼の大地主、大瀧三郎衛門家に生まれる 四女三男の四女
1918(大正7)		三浦安信、鶴岡市に生まれる 勝、鶴岡高等女学校本科に入学
1923(大正12)		勝、鶴岡高等女学校本科卒業
1924(大正13)頃		勝、済生会大阪病院の医師、宮崎洪と結婚

明治 1868
大正 1912

世の中の動き

1889	大日本帝国憲法公布
1894	日清戦争
1904	日露戦争
1910	韓国併合条約締結
1911	平塚らいてう、青鞜社設立
1914	第一次世界大戦
1918	シベリア出兵
1923	関東大震災

昭和（戦前） 1926

1925	治安維持法制定
1928	全国に特別高等警察（特高）が設置される
1931	満州事変
1936	二・二六事件

1926（大正15）	0歳	6月12日、のり子が宮崎洪と勝の長女として大阪に生まれる。
1928（昭和3）	2歳	弟の英一が生まれる
1931（昭和6）	5歳	父の仕事の関係で愛知県西尾市に移る
1932（昭和7）	6歳	西尾小学校に入学 のり子は夏休みを勝の生家・山形県三川町の大瀧家で過ごすようになる

昭和（戦中） 1937

1937	日中戦争はじまる
1938	国家総動員法が制定され、戦時体制となる
1939	第二次世界対戦

1937（昭和12）	11歳	夏、母と英一と大瀧家を訪れる 母と過ごした最後の夏休みとなる 12月、勝、結核のため自宅で死去
1939（昭和14）	13歳	愛知県立西尾高等女学校に入学 父、後妻を迎える

『茨木のり子への恋文』年表

昭和（戦中）

1946

西暦／和暦	のり子年齢	『茨木のり子への恋文』年表
1940（昭和15）	14歳	祖母の光代、西尾市の宮崎家を訪れ、のり子と英一を伴い名古屋に出掛けたりした
1942（昭和17）	16歳	父、旧吉良町の町長や議員たちに乞われて吉良町に宮崎医院を開業する
1943（昭和18）	17歳	西尾高等女学校卒業 帝国女子医学・薬学・理学専門学校（現東邦大学）入学。上京して寄宿舎に入る
1945（昭和20）	19歳	1月、空襲で学生寮が焼け西尾市に戻る 8月15日、学徒動員で海軍第一療品廠で就業中、敗戦の放送を聞く

西暦	世の中の動き
1940	日独伊三国同盟締結
1941	太平洋戦争はじまる
1943	学徒出陣はじまる
1944	学童疎開 学徒勤労動員 神風特攻隊作戦はじまる
1945	東京大空襲 沖縄戦 全国各地に空襲多発 広島、長崎に原子爆弾投下 日本、無条件降伏

昭和（GHQ占領期）

西暦（和暦）	年齢	事項	世界・日本の出来事
1946（昭和21）	20歳	同校を繰り上げ卒業 読売新聞第一回戯曲募集に応募して佳作入選 山本安英からの手紙を機に交流を深める	天皇、国内巡幸をはじめる 農地改革実施 日本国憲法公布
1947（昭和22）	21歳	三川町の大瀧家に滞在していた8月15日、昭和天皇の庄内巡幸を見る	教育基本法 第一次ベビーブーム
1948（昭和23）	22歳	あつみ温泉ホテル萬國屋で鶴岡出身の医師、三浦安信と見合いをする	大韓民国樹立 朝鮮民主主義人民共和国樹立
1949（昭和24）	23歳	三浦安信と結婚	中華人民共和国成立
1950（昭和25）	24歳	「茨木のり子」のペンネームで詩学研究会に投稿を始める	朝鮮戦争
1951			サンフランシスコ平和条約 日米安全保障条約（旧）
1952（昭和27）	26歳	祖母、大瀧光代、死去	

世の中の動き	
1953	NHKがテレビ報道を開始する
1955	原水爆禁止世界大会
1958	東京タワー完成 ミッチー・ブーム
1960	日米安全保障条約調印 安保闘争 ベトナム戦争はじまる
1961	高度経済成長はじまる
1962	首都高速道路開通
1964	東京オリンピック

昭和（戦後） 1953

西暦／和暦	のり子年齢	『茨木のり子への恋文』年表
1955（昭和30）	29歳	第一詩集『対話』発刊 秋、安信とのり子は福島県白河郡西郷村を訪ねる。
1958（昭和33）	32歳	東京都保谷市（現西東京市）東伏見に家を建てる
1960（昭和35）	34歳	安保阻止デモに加わる
1961（昭和36）	35歳	叙事詩「りゅうりぇんれんの物語」（『鎮魂歌』思潮社刊）発表 安信、くも膜下出血で入院
1963（昭和38）	37歳	父の宮崎洪、死去

1966 文化大革命はじまる
1968 全共闘運動はじまる
1969 アポロ11号の月面着陸
1970 三島事件
1972 札幌オリンピック
あさま山荘事件
沖縄返還
1976 ロッキード事件
1980 イラン・イラク戦争
1986 バブル景気はじまる
1989 消費税（3％）はじまる
ベルリンの壁崩壊

昭和（戦後）　1989

1965（昭和40） 39歳 詩集『鎮魂歌』を思潮社から刊行
1967（昭和42） 41歳 藤村女子高校校歌（作曲／山本直純・作詞／茨木のり子）
1971（昭和46） 45歳 詩集『人名詩集』を山梨シルクセンター出版部から刊行
1975（昭和50） 48歳 安信、肝臓がんのため死去
金子光晴、死去
1976（昭和51） 50歳 ハングルを習いはじめる
1977（昭和52） 51歳 詩集『自分の感受性くらい』を花神社から刊行
1982（昭和57） 56歳 詩集『寸志』を花神社から刊行

西暦／和暦	のり子年齢	『茨木のり子への恋文』年表	世の中の動き
平成			
1990（平成2）	64歳	翻訳詩集『韓国現代四選』を花神社から刊行	
1991（平成3）	65歳	右の詩集で読売新聞社賞受賞	1991 バブル崩壊、湾岸戦争、ソ連崩壊
1992（平成4）	66歳	詩集『食卓に珈琲の匂い流れ』を花神社から刊行	
			1995 Windows95 発売 阪神・淡路大震災 地下鉄サリン事件
1998（平成10）	72歳	温海町立（現 鶴岡市立）温海中学校校歌（作曲／佐藤敏直・作詞／茨木のり子）	1998 長野オリンピック
1999（平成11）	73歳	詩集『倚りかからず』を筑摩書房から刊行 旧鶴岡市制七十五周年記念合唱組曲「はじめての町」（作曲／佐藤敏直・作詞／茨木のり子）完成	1999 国旗国歌法 東海村JCO臨海事故
2000（平成12）	74歳	大動脈解離のため入院 乳がん発見され手術	
			2001 アメリカ同時多発テロ

ケータイ、パソコンの普及率が拡大

2004 新潟県中越地震

2005 JR羽越本線脱線事故

2011 東日本大震災
福島第一原子力発電所事故

2018 西日本豪雨災害

2018

2002（平成14） 76歳 弟の英一、死去

2003（平成15） 77歳 川崎洋、死去

2004（平成16） 78歳 石垣りん、死去

2006（平成18） 79歳 茨木のり子、蜘蛛膜下出血のため死去
夫の眠る三浦家の墓に納骨（山形県鶴岡市加茂の浄禅寺）

2007（平成12） 甥の宮崎治が、遺作となった詩集『歳月』を花神社から発刊する
山形県鶴岡市に「茨木のり子 六月の会」（代表 黒羽根洋司）発足、平成30年現在も活動を継続中（詳細は本誌35ページに記載）

参考資料 「日本史B 新訂版・実教出版」
「茨木のり子全詩集・花神社」
「花神ブックス1茨木のり子・花神社」
サイト「にほんのれきし！」

本書は２０１６年12月に
「茨木のり子への恋文」刊行事務局より
出版されたものに、
加筆・修正を加えて刊行しました。

戸村雅子　とむらまさこ

1941年、山形県大石田町に生まれる。同志社大学文学部文化学科国文学専攻卒業後、山形県立高校教諭（国語）となる。1972年より家庭文庫を開き、子どもの読書活動を開始。1990年頃より茨木のり子の詩の研究を始める。1998年に初めて茨木のり子を訪ね、以来交流を深める。2002年3月、県立高校を退職。2016年12月、初版『茨木のり子への恋文』出版。第47回らくがき文学賞、第60回高山樗牛賞、第33回真壁仁・野の文化賞を受賞する。現在、「茨木のり子 六月の会」事務局長、「子どもの読書を支える会」代表・事務局長、「日本子どもの本研究会」会員、「この本大すきの会」庄内支部会員、「『読書のまち 鶴岡』をすすめる会」常任理事。

装幀・挿画　長谷川結（著者 娘）

挿画モチーフ／致道博物館展示品

新版 茨木のり子への恋文

2018年9月20日　初版第1刷発行

著　者　戸村　雅子

発行所　株式会社　国土社

〒101-0062

東京都千代田区神田駿河台2-5

Tel.03-6272-6125　Fax.03-6272-6126

印刷　株式会社　厚徳社

製本　株式会社　難波製本

ISBN 978-4-337-47432-1